Le Livre de Poche Jeunesse

Jacquou le Croquant

Eugène Le Roy

Eugène Le Roy (1836-1907) voulut d'abord être soldat, mais l'armée le révoqua pour indiscipline. Percepteur des impôts, il consacrait tous ses loisirs à ses romans dont *Jacquou le Croquant* reste aujourd'hui le plus célèbre.

EUGÈNE LE ROY

Jacquou le Croquant

VERSION ABRÉGÉE

Rédaction des notes et
de la biographie : Philippe Rouet.

À mon ami Alcide Dusolier[1].

1. Homme politique français (1836-1918), originaire de Dordogne, qui préfaça en 1895 *Le Moulin du Frau.*

1

Le plus loin dont il me souvienne, c'est 1815, l'année que les étrangers vinrent à Paris, et où Napoléon, appelé par les messieurs du château de l'Herm « l'ogre de Corse », fut envoyé à Sainte-Hélène, par-delà les mers. En ce temps-là, les miens étaient métayers[1] à Combenègre, mauvais domaine du marquis de Nansac, sur la lisière de la Forêt Barade, dans le haut Périgord. C'était le soir de Noël : assis sur un petit banc dans le coin de l'âtre, j'attendais l'heure de partir pour aller à la messe de minuit dans la chapelle du château, et il me tardait fort qu'il fût

1. Paysans qui paient la location de la terre (métairie) en partageant les récoltes avec le propriétaire.

temps. Ma mère, qui filait sa quenouille de chanvre devant le feu, me faisait prendre patience à grand-peine en me disant des contes. Elle se leva enfin, alla sur le pas de la porte, regarda les étoiles au ciel et revint aussitôt :

— Il est l'heure, dit-elle, va mon drôle[1] ; laisse-moi arranger le feu pour quand nous reviendrons.

Cela fait, elle m'entortilla dans un mauvais fichu de laine qu'elle noua par-derrière, enfonça mon bonnet tricoté sur mes oreilles, et passa de la braise dans mes sabots. Enfin, ayant pris sa capuce[2] de bure, elle alluma le falot aux vitres noircies par la fumée de l'huile, souffla le chalel[3] pendu dans la cheminée, et, étant sorti, ferma la porte au verrou en dedans au moyen de la clef torte[4] qu'elle cacha ensuite dans un trou du mur :

— Ton père la trouvera là, mais qu'il revienne.

Le temps était gris, comme lorsqu'il va neiger, le froid noir et la terre gelée. Je marchais près de ma mère qui me tenait par la main, forçant mes petites jambes de sept ans par grande hâte d'arriver, car la pauvre femme, elle, mesurait son pas sur le mien. C'est que j'avais tant ouï parler à notre voisine la

---

1. Enfant.

2. Son capuchon de laine grossière, étoffe qui servait pour les manteaux des pauvres.

3. Petite lampe à huile dotée d'une tige verticale permettant de l'accrocher à la cheminée.

4. La clef tordue, en fait un simple crochet.

Mïon de Puymaigre, de la crèche faite tous les ans dans la chapelle de l'Herm par les demoiselles de Nansac, qu'il me tardait de voir tout ce qu'elle en racontait. Nos sabots sonnaient fort sur le chemin durci, à peine marqué dans la lande grise et bien faiblement éclairé par le falot que portait ma mère.

Un peu plus loin, nous quittions le chemin qui tombait dans l'ancienne route de Limoges à Bergerac, venant de la forêt, et nous suivîmes cette route un quart d'heure de temps, jusqu'à la grande allée du château de l'Herm. Elle montait en droite ligne au château campé sur la cime du puy[1], dont les toits pointus, les pignons et les hautes cheminées se dressaient tout noirs dans le ciel gris.

Comme nous grimpions avec d'autres gens rencontrés en chemin, il commença de neiger fort, de manière que nous étions déjà tout blancs en arrivant en haut ; et cette neige, qui tombait en flottant, faisait dire aux bonnes femmes : « Voici que le vieux Noël plume ses oies. » La porte extérieure renforcée de gros clous à tête pointue pour la garder jadis des coups de hache était ce soir-là grande ouverte, et donnait accès dans l'enceinte circulaire bordée d'un large fossé, au milieu de laquelle était le château.

Au fond de l'enceinte de murs solides et à droite du château, on voyait briller les vitraux enflammés

1. Hauteur, pic.

d'une chapelle qui n'existe plus ; ma mère tua son falot et nous entrâmes.

Que de lumières ! Dans le chœur de la chapelle, le vieil autel de pierre en forme de tombeau en était garni, et voici qu'on achevait d'éclairer la crèche de verdure faite dans une large embrasure de fenêtre. Après s'être signés avec de l'eau bénite, les gens allaient s'agenouiller devant la crèche et prier l'enfant Jésus qu'on voyait couché dans une mangeoire sur de la paille ruisselante comme de l'or, entre un bœuf pensif et un âne tout poilu qui levait la tête pour attraper du foin à un petit râtelier. Que c'était beau !

Je regardais goulûment toutes ces jolies choses, avec les autres qui étaient là, écarquillant nos yeux à force. Mais il nous fallut bientôt sortir du chœur réservé aux messieurs, car la messe était sonnée.

Ils entrèrent tous, comme en procession. D'abord le vieux marquis, habillé à l'ancienne mode d'avant la Révolution. Il menait par le bras sa bru, la comtesse de Nansac, grosse dame coiffée d'une manière de châle entortillé autour de sa tête, et serrée dans une robe de soie couleur puce[1], dont la ceinture lui montait sous les bras quasi.

Puis venait le comte, en frac à l'anglaise, en pantalon collant gris à sous-pieds, menant sa fille aînée

1. Brun-rouge assez foncé.

qui avait les cheveux courts et frisés comme une drôlette, quoiqu'elle fût bien en âge d'être mariée. Ensuite venaient un jeune garçon d'une douzaine d'années, quatre demoiselles entre six et dix-sept ans, et une gouvernante qui menait la plus jeune par la main.

Tout ce monde défila, regardé de côté par les paysans craintifs, et alla se placer sur des prie-Dieu alignés dans le chœur.

Et la messe commença, dite par un ancien moine de Saint-Amand-de-Coly, qui s'était habitué au château, trouvant le gîte bon, et servie par le jeune monsieur, blondin, chaussé de jolis escarpins découverts, habillé d'un pantalon gris clair et d'un petit justaucorps de velours noir, sur lequel retombait une collerette brodée.

Au moment de la communion, les femmes de la campagne mirent leur voile et attendirent. Les messieurs ne se dérangèrent pas : comme de juste, le chapelain vint leur porter le Bon Dieu d'abord. Après les messieurs, ce fut le tour des domestiques, agenouillés à la balustrade qui fermait le chœur, M. Laborie, le régisseur[1], en tête avec sa figure dure et fourbe en même temps. Ensuite vinrent les bonnes femmes voilées, les paysans, métayers du château, journaliers et autres manants comme nous. Pour tous ceux qui

1. Celui qui administre le domaine pour le compte du propriétaire.

étaient sous la main des messieurs, il fallait de rigueur communier aux bonnes fêtes, c'était de règle ; pourtant ma mère n'y alla pas cette fois ; mais on sut bien le lui reprocher puis après.

La messe finie, dom Enjalbert posa son ornement doré sur le coin de l'autel et, la grille de la balustrade ayant été ouverte, on nous fit entrer tous dans le chœur pour prier devant la crèche. On chanta d'abord un noël ancien, entonné par le chapelain, ensuite chacun fit son oraison à part. Tout ce monde à genoux regardait pieusement le petit Jésus rose, aux cheveux couleur de lin, en marmottant ses prières, quand voici que tout d'un coup il ouvre les bras, remue les yeux, tourne la tête et fait entendre un vagissement de nouveau-né...

Alors de cette foule de paysans superstitieux sortit discrètement un : « Oh ! » d'étonnement et d'admiration. Ces bonnes gens, bien sûr, pensaient pour la plupart qu'il y eût là quelque miracle, et en restaient immobiles, les yeux écarquillés, badant[1], avec l'espoir que le miracle allait recommencer.

Mais ce fut tout. Lorsque nous sortîmes en foule, tout ce monde babillait, échangeant ses impressions. D'aucuns tenaient pour le miracle, d'autres étaient en doute, car de vrais incrédules point. Ma mère s'en fut allumer notre falot à la cuisine dont la porte

1. Restant la bouche ouverte (comme des badauds).

ouverte flambait au bas de l'escalier de la tour. Ayant allumé son falot, ma mère remercia et donna le bonsoir à ceux qui étaient là. Mais les deux femmes seules le lui rendirent. Quant au chef cuisinier qui se promenait, leur donnant des ordres, glorieux comme un dindon, avec sa veste blanche et son bonnet de coton, il ne daigna tant seulement pas lui répondre.

Au-delà de la première porte, après avoir passé le pont, la Mïon de Puymaigre et d'autres nous attendaient : leurs falots ayant été allumés au nôtre, nous nous en allâmes tous.

Il neigeait toujours, « comme qui jette de la plume d'oie à grandes poignées », pour parler ainsi que les bonnes femmes, et la neige était épaisse d'un pied[1] déjà, dans laquelle nos sabots enfonçaient. À mesure que les gens rencontraient leur chemin, ils nous laissaient avec un : « À Dieu sois ! ». Cette neige me lassait fort et, tout au rebours de l'aller, je me faisais tirer par le bras.

— Tu es fatigué, dit ma mère : monte à la chèvre-morte.

Et, s'étant baissée, je grimpai à cheval sur son échine, entourant son col de mes petits bras, tandis qu'avec les siens elle ramenait mes jambottes en avant.

1. Ancienne unité de mesure de longueur valant 32,4 cm.

Cependant, ma mère peinait fort à suivre le mauvais chemin perdu sous la neige. Des fois elle s'écartait un peu et, le reconnaissant, revenait incontinent, se guidait sur un arbre, une grosse touffe d'ajoncs, une flaque d'eau, gelée maintenant. Moi, bercé par le mouvement, malgré le froid, je finissais par m'endormir sur son échine, et mes bras gourds se dénouaient malgré moi.

— Tiens-toi bien ! me disait-elle ; dans un moment nous serons chez nous.

Malgré ça, j'avais peine à me tenir éveillé, lorsque tout à coup, à cent pas en avant, éclate un hurlement prolongé qui me fit passer dans la tête comme un millier d'épingles : « Hoû ! oû... oû,.. oû... », et je vois une grande bête, comme un bien fort chien, aux oreilles pointues, qui gueulait ainsi en levant le museau vers le ciel.

— N'aie pas peur, me dit ma mère.

Et, m'ayant donné le falot, elle ôta ses sabots, en prit un dans chaque main et marcha droit à la bête, en les choquant l'un contre l'autre à grand bruit. Ça n'est pas pour dire, mais lors, j'aurais fort voulu être couché contre elle, dans le lit bien chaud. Lorsque nous fûmes à une cinquantaine de pas, le loup se jeta dans la lande en quelques sauts, et nous passâmes, épiant de côté, sans le voir pourtant. Mais, un instant après, le même hurlement sinistre s'éleva en arrière : « Hoû ! oû... oû... oû... », qui m'effraya encore plus, car il me semblait que le loup fut sur nos talons. De temps à autre, ma mère se retournait, faisant du tapage avec ses sabots, pour effrayer cette sale bête ; mais, si ça gardait le loup d'approcher trop, ça ne l'empêcha pas de nous suivre à une trentaine de pas, jusqu'à la claire-voie de notre cour. Ayant pris la clef torte dans la cache, car mon père n'était pas rentré, ma mère fit jouer le loquet de dedans et referma vivement la porte derrière nous.

Au lieu du bon feu que nous pensions trouver, la souche était sur les landiers, toute noire, éteinte.

— Ah ! s'écria ma mère, c'est méchant signe ! il nous arrivera quelque malheur !

En farfouillant sous la cendre avec une brindille, elle trouva quelques braises, sur lesquelles elle jeta un petit fagot de menu bois, qui flamba bientôt sous le vent du tuyau de fer qu'elle mit à sa bouche.

— Il te faut aller au lit, dit ma mère.

Elle me prit sur ses genoux et me dépouilla en un tour de main. Aussitôt couché, je m'endormis sans plus penser à rien.

Lorsque je me réveillai, le lendemain, ma mère attisait le feu sous la marmite où cuisait la soupe, et mon père triait sur la table les oiseaux attrapés la nuit à la palette[1]. Cela fait, ma mère, ayant taillé le pain cependant, fit bouillir la marmite et trempa la soupe. Il était un peu tôt, sur les huit heures, mais mon père voulait aller à Montignac[2] vendre ses oiseaux. Ayant mis la soupière sur la table, ma mère nous servit d'abord, mon père et moi, puis elle ensuite, et nous nous mîmes à manger de bon goût, ayant faim tous trois, surtout mon père, qui avait passé presque toute la nuit dehors.

— Il te faudra me porter une paire de sabots, lui dit ma mère ; j'ai fini d'écraser les miens en faisant peur à cette méchante bête de loup.

— Je t'en porterai, mais que je vende mes oiseaux, répondit mon père, car, autrement, je n'ai point de sous.

Et, prenant une petite baguette au balai de genêts, il la mit dans le vieux sabot de ma mère et la coupa juste à la longueur. Cela fait, il prit son havresac, mit la mesure dedans, décrocha le fusil au manteau de la cheminée, et s'en alla, laissant notre chienne qui voulait bien le suivre pourtant :

— Tu te perdrais là-bas, à Montignac.

Sur les quatre heures, mon père revint de Montignac ; en entrant, il se secoua, car il était tout blanc, la neige tombant toujours, et posa son fusil

---

1. Mode de chasse nocturne, dite à l'allumade (avec une lanterne), consistant à assommer les oiseaux avec une planchette.

2. Montignac-sur-Vézère, chef-lieu de canton à 16 km du château de l'Herm.

dans le coin du foyer. Ensuite, ayant ôté son havresac, il en tira une paire de sabots jaunes, en bois de vergne, liés par un brin de vîme[1], et les posa par terre.

Ma mère mit le pied dans un sabot, et dit :

— Ils m'iront tout à fait bien. Et que te coûtent-ils ?

— Douze sous... et six liards[2] de clous pour les ferrer, ça fait treize sous et demi. J'ai vendu les oiseaux vingt-six sous, j'ai acheté un tortillon[3] pour le Jacquou, ça fait qu'il me reste onze sous et deux liards : te les voilà.

Ma mère prit les sous et alla les mettre dans le tiroir du cabinet.

Alors, mon père, ayant pris le tortillon dans la poche de dessous de sa veste, me le donna. Je l'embrassai, et je me mis à manger ce gâteau de paysan, après en avoir porté un morceau à ma mère, qui ne le voulut pas :

— Non, mon petit, mange-le, toi.

Ah ! quel bon tortillon ! j'ai depuis tâté de la tourte aux prunes, et même, une fois, du massepain[4], mais je n'ai jamais rien mangé de meilleur que ce premier tortillon.

---

1. Sorte d'osier ; le bois de vergne est du bois d'aulne.
2. Ancienne monnaie de cuivre valant le quart d'un sou ; vingt sous faisaient un franc.
3. Petit gâteau populaire, rond et torsadé, fait avec des restes de pâte.
4. Pâtisserie d'amandes pilées et de sucre.

Ce mauvais temps de neige dura une dizaine de jours qui me semblèrent bien longs.

Enfin, le dégel vint, et les terres grises, détrempées, reparurent, laissant voir les blés verts qui pointaient sur les sillons. Lorsque la terre fut un peu ressuyée[1], ma mère fit sortir les brebis, car la feuille que nous avions ramassée pour l'hiver était mangée et notre peu de regain[2] était presque fini. Elle m'emmena avec elle, touchant nos bêtes, vers les coteaux pierreux des Grillières, où poussait une petite herbe fine qu'elles aimaient fort. C'était dans l'après-midi ; un pâle soleil d'hiver éclairait tristement la terre dénudée, et un petit vent soufflait par moments, froid comme les neiges des monts d'Auvergne sur lesquels il avait passé. Sur les trois heures, tandis que je mordais ferme dans un morceau de pain que ma mère avait porté, voici que nos brebis, effrayées par un chien, reviennent vers nous au galop et nous dépassent en menant grand bruit. S'étant levée pour les ramener, ma mère vit alors un garde de l'Herm, appelé Mascret, qui lui cria de s'arrêter. Lorsqu'il nous eut joints, sans autre forme de salut, il lui dit de se rendre tout d'abord au château, où le régisseur voulait lui parler.

— Et que me veut-il de si pressé ? fit ma mère.

---

1. Asséchée, en parlant d'une terre inondée.
2. Sorte de foin ; la feuille désigne les branchages séchés qui nourrissent les bêtes l'hiver.

— Ça, je n'en sais rien, mais il vous le dira bien.

Et le garde s'en alla.

Nous fûmes vers les brebis qui s'étaient plantées à deux cents pas, regardant toujours le chien qui les avait effrayées, puis, les chassant devant nous et descendant le coteau, nous revînmes à Combenègre, d'où ma mère repartit pour l'Herm, après avoir fermé les bêtes dans l'étable.

Lorsqu'elle fut de retour, à la nuit, mon père lui demanda :

— Et que te voulait-il, ce vieux coquin ?...

— Ah ! voilà... d'abord, il m'a reproché de n'avoir pas fait mes dévotions le soir de Noël, comme les autres, ni même toi, qui n'avais pas tant seulement été à la messe, ce dont les dames n'étaient pas du tout contentes, et l'avaient chargé de me le dire. Après ça, il m'a dit que tu braconnais toujours, de manière que M. le comte ne trouvait plus de lièvres devers Combenègre, et qu'il te faisait prévenir de cesser et de te défaire de notre chienne. Enfin, il a ajouté qu'il nous fallait totalement changer de conduite, sans quoi les messieurs nous mettraient dehors.

— Ah ! la canaille ! s'écria mon père ; si jamais je le trouvais au milieu de la forêt, par-là entre La Granval et le Cros-de-Mortier, il passerait un mauvais quart d'heure !

— Reste tranquille, il nous arriverait de la peine, dit ma mère ; tu sais bien que pour ça, il n'y a pas de danger.

Mon père ne répliqua rien et se mit à regarder le feu.

Environ quinze jours après cette conversation, tandis que ma mère triait des haricots pour mettre dans la soupe, voici venir M. Laborie à Combenègre. Il entra, fit : « Bonjour, bonjour », en m'avisant de côté, et demanda où était mon père.

— Il est à couper de la bruyère, répondit ma mère.

— Ou à braconner, plutôt ! repartit-il. Et ces bœufs, est-ce qu'ils profitent ?

Et, disant cela, il s'en fut à la grange. Ma mère me prit par la main et le suivit. Lorsqu'il eut vu les bœufs, M. Laborie fit sortir les brebis de l'étable et, tout en les regardant, il marmonnait entre ses dents, pensant que je n'y prenais garde :

— Eh bien, tu ne veux donc pas être raisonnable ?... Voyons ! Je te porterai un joli mouchoir de tête de Périgueux, dis ?...

Ma mère ne lui ayant pas répondu, après avoir tourné, viré, M. Laborie s'en alla, disant toujours sur le même ton :

— Tu t'en repentiras ! tu t'en repentiras !

Le surlendemain, tandis que nous mangions la

soupe, vers le coup de neuf heures, la chienne gronda sous la table, et le garde Mascret, survenant, s'arrêta sur le pas de la porte :

— M. Laborie vous fait dire, par l'ordre de M. le comte, d'avoir à vous défaire de votre chienne, au premier jour ; si on la trouve encore ici, il la fera tuer.

— Que le Bon Dieu préserve M. le comte, et celui qui vous envoie, de commander ça ! dit mon père en serrant les poings et en regardant Mascret, les yeux pleins de colère ; – et vous, n'en faites rien, sans quoi il arrivera un malheur !

— Pourtant, si on me le commande, il faudra bien que j'obéisse, dit le garde ; à votre place, moi, je vendrais la chienne. M. le comte assure que, d'après les anciennes lois, un paysan ne peut avoir de chien de chasse, qui n'ait le jarret coupé.

— C'est bon, fit mon père, rapportez-leur seulement ce que je vous ai dit.

Il y eut un moment de silence après le départ de Mascret, puis ma mère fit :

— Mon pauvre Martissou, le mieux, c'est de vendre la chienne, comme dit le garde ; le notaire de Ladouze te l'a demandée plusieurs fois, mène-la-lui : il t'en donnera bien quatre ou cinq écus peut-être, puisqu'elle est bonne pour suivre le lièvre.

— Je ne veux pas la vendre ! répondit mon père.

— Alors mène-la chez ton cousin de Cendrieux : il te la gardera jusqu'à tant que nous partions d'ici, car nous ne pouvons plus y rester ; il arriverait quelque chose.

— Femme, tu as raison, à ce coup, dit sourdement mon père : je l'y mènerai dimanche qui vient.

Le samedi, comme mon père liait les bœufs pour aller quérir de la bruyère, un individu à cheval, d'assez mauvaise figure, vint à Combenègre, entra dans la cour et, s'adressant à mon père :

— C'est vous Martissou le Croquant[1], le métayer de M. de Nansac ? dit-il.

— C'est moi.

— Alors, voilà un acte de sortie de la métairie.

Et il tendit un papier à mon père.

Lui, le prit, le déchira en mille morceaux et les jeta au nez de l'huissier.

— Tout ça se paiera ! dit l'autre en ricanant.

Et il s'en alla bon train, parce que mon père avait pris son aiguillon un peu brusquement, de manière qu'il semblait vouloir s'en servir plutôt pour allonger un coup à l'huissier, que pour mener ses bœufs.

Depuis que nous avions reçu cet acte de sortie, et après que la chienne fut à Cendrieux, ma mère était plus tranquille. C'était l'affaire de quelques mois et,

1. Surnom donné aux paysans du Périgord qui se révoltèrent sous Henri IV et Louis XIII.

à la Saint-Jean[1], nous quitterions cette mauvaise métairie où nous crevions de faim : surtout, nous ne serions plus exposés à quelque méchante affaire de la part de cette canaille de Laborie. Mais, quand un malheur est en chemin, il faut qu'il arrive : une nuit, nous entendîmes gratter à la porte avec de petits ginglements[2].

— C'est la chienne, fit mon père en allant ouvrir ; j'avais pourtant bien dit à mon cousin de la fermer et de l'attacher pendant quelques jours.

La chienne entra, traînant un bout de corde qu'elle avait coupé avec ses dents, et sauta après mon père en aboyant joyeusement.

Ma mère ne dormit pas du reste de la nuit, tracassée de cette affaire-là, et comme sentant approcher un malheur. Le matin, sur les neuf heures, nous finissions de manger la soupe, quand tout à coup la chienne sortit en aboyant, et, une seconde après, nous entendîmes un coup de fusil, et quelques plombs vinrent ricocher contre la porte ouverte, jusque dans la maison, l'un desquels blessa ma mère au front, ce qui lui fit jeter un cri. Mon père, alors, saute sur son fusil, écarte ma mère qui veut l'arrêter, et court dehors. Devant lui il voit la chienne étendue, morte, le sang lui sortant de la gueule, et,

1. Le 24 juin, date à laquelle les contrats arrivaient à échéance.
2. Jappements plaintifs du chien.

à l'entrée de la cour, Laborie qui rendait au garde son fusil déchargé.

— Ah ! canaille ! tu ne feras plus de misère à personne !

Et, avant que l'autre ait songé à se sauver, il épaule son fusil et l'étend raide mort.

Tandis que Mascret, pâle et lui-même plus mort que vif, ne savait où il en était, ma mère survenait avec de grands cris.

— Ah ! Martissou, qu'as-tu fait !

— C'est lui qui l'a cherché, répliqua mon père ; ça devait de toute force arriver.

Du temps qu'aidée du garde ma mère accotait[1] Laborie contre un tas de bruyère, pour lui porter secours, mais bien inutilement, mon père rentre dans la maison, prend ses souliers, son gros bonnet de laine, passe le havresac en sautoir, met dedans un morceau de pain, sa corne à poudre, son sac à grenaille, m'embrasse, sort, son fusil à la main, et tire vers la forêt.

Moi, je sortis aussi, ne voulant pas rester seul, et je fus rejoindre ma mère qui regardait piteusement ce corps étendu. Le garde avait défait son gilet et déboutonné la chemise pour se rendre compte et, au milieu de la poitrine, dans les poils rouges qui foi-

1. Appuyait.

sonnaient, le coup avait presque fait balle, et la blessure, horrible à voir, saignait.

Pendant ce temps, Mascret courait vers l'Herm, et sur son chemin semait la nouvelle, en sorte que les gens arrivèrent bientôt. Le premier qui vint, ce fut l'homme à la Mïon de Puymaigre ; il regarda tranquillement le mort et dit :

— Je plains Martissou et vous autres pour les conséquences ; mais quant à ce gueux-là je ne le plains point : il n'a que ce qu'il a mérité cent fois !

Et tous ceux qui vinrent, des paysans de par là, dirent de même : « Il ne l'a pas volé ! » Ou bien : « C'est une canaille de moins ! » Et autres oraisons de ce genre. Mais peu après survint, grand train, le comte de Nansac, à cheval, avec son piqueur[1], et dom Enjalbert qui, n'étant pas trop bon cavalier, s'accrochait à sa selle : alors, tout le monde se tut. Le comte regarda le corps un instant, puis demanda à ma mère comment c'était arrivé. Après qu'elle eut dit que mon père avait tiré sur Laborie, fou de colère parce qu'un plomb l'avait blessée et que sa chienne avait été tuée, M. de Nansac regarda la pauvre bête étendue au milieu de la cour et, reportant ses yeux sur son défunt régisseur, ne dit plus rien. Il regardait le corps de Laborie froidement, comme il aurait regardé un loup porté bas par ses chiens. Au bout

1. Valet à cheval qui règle la course des chiens pendant une chasse à courre.

d'un moment, ses gens étant arrivés, il commanda de mettre le mort sur une civière qu'on avait été chercher, et tout le monde repartit.

Le lendemain, les gendarmes vinrent questionner ma mère sur la manière dont la chose s'était passée. Ils me faisaient grand-peur, ces gendarmes, avec leur sabre pendu à un baudrier jaune et le mousqueton attaché à la selle. Aussi, tandis qu'ils étaient là, l'un à cheval sur le banc, interrogeant ma mère, l'autre debout, appuyé sur son sabre, je me faisais tout petit dans un coin. Après qu'elle leur eut tout raconté, le plus vieux fit :

— Tout ça, c'est bien, mais maintenant dites-nous où est votre homme.

— Je ne sais pas, répondit ma mère, mais quand même je le saurais, vous pensez bien que je ne vous le dirais pas.

— Il pourrait vous en cuire ! faites-y attention ! Voyons, il est revenu ici cette nuit ?

— Non.

— Pourtant, on nous l'a certifié.

— On vous a trompés, en ce cas.

Enfin, après avoir beaucoup tracassé ma mère, l'avoir pressée de questions, dans l'espoir qu'elle se couperait, et avoir tâché inutilement de l'effrayer, les gendarmes s'en furent, à mon grand contentement.

Le soir, sur les dix heures, un charbonnier[1] que nous connaissions pour lui avoir quelquefois trempé la soupe chez nous vint cogner à la porte. Ma mère s'étant vitement habillée lui ouvrit après qu'il se fut fait connaître et lors il nous dit que mon père l'envoyait pour s'enquérir de la visite des gendarmes. Il ajouta qu'au reste il ne fallait pas s'inquiéter de lui, attendu qu'il était couché dans une cabane abandonnée, au plus épais des bois, dans un fond plein de ronces et d'ajoncs, entre la Foucaudie et le Lac-Viel, où le diable n'irait pas le chercher. Seulement, il avait besoin de sa limousine[2] pour se couvrir la nuit.

Lui ayant donné sa vieille limousine et la moitié d'une tourte de pain, ma mère chargea encore le charbonnier de beaucoup de bonnes paroles pour son homme, ensuite de quoi il s'en retourna.

Cette vie dans les bois dura quelques semaines. Tantôt d'un côté, tantôt de l'autre, mon père ne couchait guère jamais deux nuits de suite au même endroit, dans la même cabane. Il y avait un mois, tout près, que mon père était dans les bois, lorsque le comte de Nansac fit dire par ses gardes dans les villages, autour de la forêt, qu'il donnerait deux

1. Ouvrier vivant dans la forêt, où il produisait du charbon par combustion partielle du bois.

2. Grand manteau en poil de chèvre, porté à l'origine par les bergers du Limousin.

louis d'or à celui qui le ferait prendre. Comme il se doutait que Jean le charbonnier voyait souvent « ce coquin de Martissou », et l'aidait à vivre, il lui en fit même proposer cinq.

— Écoutez, Mascret ! répondit Jean au garde qui lui faisait la commission, je ne sais pas où est Martissou, mais quand même je le saurais, ça n'est pas pour cinq louis, ni pour vingt, ni pour cent que je le vendrais. Dites ça à votre monsieur, et ne venez plus me parler de telle canaillerie.

Mais enfin le traître s'est trouvé. Il y avait aux Maurezies un homme pauvre appelé Jansou qui, toute l'année déjà, travaillait comme journalier au château de l'Herm. Ce Jansou avait cinq enfants, petits tous, l'aîné ayant neuf ans, qui demeuraient avec leur mère dans une mauvaise baraque de maison affermée deux écus par an, tandis que lui, tout le long de la semaine, couchait dans une grange, là où il était occupé. Il ne venait pour l'ordinaire aux Maurezies que le samedi soir et s'en retournait au travail le lundi matin.

C'est à ce Jansou que, d'après l'ordre du comte, le maître valet, qui remplaçait Laborie pour le moment, s'adressa. Le pauvre diable fit bien tout d'abord quelques difficultés, disant qu'il ne savait pas du tout où était Martissou ; mais lorsque l'autre l'eut menacé de ne plus lui donner de travail et lui eut parlé de deux louis d'or, qu'il pouvait gagner facilement en le faisant guetter par son drôle l'aîné, il dit qu'il le ferait.

Dans ce moment, le carnaval était proche, et, quoique d'ordinaire on s'en réjouisse, ma mère le voyait arriver avec crainte, sachant bien que son Martissou voudrait le faire en notre compagnie, et appréhendant qu'on ne profitât de l'occasion pour le prendre. Aussi lui manda-t-elle, par Jean, de ne pas venir ce soir-là, qu'il valait mieux attendre au lendemain, attendu que, le jour des Cendres[1], on ne se douterait de rien.

Le drôle de Jansou, à qui son père avait fait le mot, pensant aussi que Martissou voudrait fêter le carnaval chez lui, s'était caché, le soir du mardi gras, dans les taillis près du carrefour de l'Homme-Mort, pour l'épier. À la nuit tombante, il l'ouït venir du fond des bois, et fut bien étonné lorsqu'il vit qu'il prenait le chemin de La Granval, au lieu de celui qui l'aurait mené à Combenègre. L'ayant suivi de loin, pieds nus, sans faire de bruit, il le vit entrer dans la maison où on l'avait convié.

C'était chez de braves gens à leur aise qui étaient fermiers dans le bien de famille du curé de Fanlac. La veille, la femme, peinée en pensant que le pauvre

---

1. Mercredi des Cendres, lendemain du Mardi-Gras, dernier jour du carnaval.

Martissou n'oserait pas aller chez lui, et ferait carnaval au profond des fourrés avec quelque morceau de pain, l'avait fait engager par son homme.

Aussitôt que la porte fut refermée, le drôle s'en galopa prévenir son père, qui courut au château prévenir que Martissou était chez le Rey, de La Granval. Sur le coup, un homme à cheval part grand train avertir les gendarmes, qui laissent là leur souper et viennent en grande hâte.

À une centaine de pas de La Granval, ils donnent leurs chevaux à Jansou qui les attendait, et, à petit bruit, aidés des gardes de l'Herm, cernent la maison. Il était sur les onze heures du soir, tous ceux qui étaient là avaient bien festoyé et ils chantaient en trinquant avec du vin cuit, lorsque deux gendarmes poussèrent la porte brusquement et entrèrent.

Ce fut une grande surprise, comme on pense. Tandis que chacun s'écriait, mon père court à son fusil qu'il avait posé dans un coin ; mais il se trouva qu'on l'avait ôté et mis sur un lit à cause d'un petit drôle qui voulait s'en amuser. Alors il se lance vers la fenêtre et l'enjambe malgré les deux gendarmes qui le voulaient retenir, et tombe dans les mains des deux autres qui la gardaient. En un rien de temps, il fut enchaîné les mains derrière le dos, tandis que la femme du Rey pleurait et se lamentait, disant d'une voix bien piteuse :

— Oh ! mon pauvre Martissou ! c'est moi qui en suis la cause ; pardonnez-moi, je croyais bien faire !

— Non, non, Catissou, vous êtes une bonne femme, et les vôtres sont de braves gens, mais j'ai été vendu par quelque canaille. Adieu à tous, et merci ! cria-t-il comme on l'emmenait.

En arrivant à l'endroit où étaient les chevaux, mon père vit Jansou qui les tenait.

— Ah ! c'est toi qui m'as vendu, gueusard !... Si jamais je sors, tu es sûr de ton affaire !

Là-dessus, les gendarmes lui attachèrent au cou une corde, que l'un d'eux tenait en main ; puis, étant remontés à cheval, ils mirent le prisonnier entre eux et l'emmenèrent.

Cette canaillerie ne porta pas bonheur à Jansou. Une fois qu'il eut ses deux louis, lui qui n'en avait jamais vu, il se crut riche. Mais ils ne durèrent pas longtemps, car le nouveau régisseur du château mit des métayers dans les domaines tenus en réserve, de manière qu'il n'y eut plus d'ouvrage pour lui. Dans le pays, personne ne se souciait de le faire travailler, à cause de sa méchante action, et ainsi, bientôt ayant mangé les deux louis, lui et les siens prirent le bissac et disparurent. Encore aujourd'hui de ces côtés, lorsqu'on veut parler d'un homme à qui il ne faut pas se fier, on dit : « traître comme Jansou ».

Pour moi, c'était une canaille, sans doute ; mais

je trouve ceux qui, par argent et menaces, lui ont fait faire cette coquinerie, cent fois plus misérables que lui.

2

Ce qui doit arriver arrive. En apprenant l'arrestation de son homme, ma mère eut un profond soupir, comme si elle se mourait :

— Ô mon pauvre Martissou !

Moi, je me mis à pleurer et, tout le jour, nous restâmes tous deux bien tristes et dolents[1]. Elle était assise sur un petit banc, les mains jointes sur ses genoux, regardant fixement devant elle sans rien dire. Par moments, une pensée plus grièvement pénible lui faisait échapper une plainte :

— Mon pauvre homme, que vas-tu devenir ?

Nous n'étions pas au bout de nos peines. Le len-

1. Qui expriment la douleur.

demain, le maître valet du château vint dire à ma mère qu'à cette heure elle ne pouvait plus faire marcher la métairie toute seule, et que par ainsi il fallait nous en aller tout de suite, pour laisser la maison à celui qui nous remplaçait, à cause du travail en retard depuis deux mois tantôt.

Quoi faire ? où aller ? nous ne savions. En cherchant bien dans sa tête, ma mère vint à penser à un homme de Saint-Geyrac qui avait dans la forêt une tuilière, ou tuilerie, abandonnée depuis longtemps, où peut-être nous pourrions nous mettre, s'il le voulait. Le lendemain matin, de bonne heure, ma mère fit tomber du foin du fenil, en donna aux bœufs, et en laissa un tas pour le leur mettre dans la crèche[1] à midi. Puis, ayant jeté un peu de regain aux brebis, elle rentra à la maison, me coupa un morceau de pain pour ma journée et, m'ayant embrassé, s'en alla vers l'homme de la tuilière en me recommandant bien de ne pas m'écarter.

Sur les cinq heures, nos quatre poules revinrent des terres où elles avaient été picorer, et, après s'être un peu épouillées, se décidèrent à monter une à une la petite échelle de leur poulailler. Le jour baissait, et je commençais à m'inquiéter de ne pas voir arriver ma mère, lorsque pourtant mon oreille, habituée par la vie de plein air à ouïr de loin, reconnut son

1. Râtelier où l'on pose le foin pour les bêtes.

pas précipité venant du côté du couchant. Je courus à sa rencontre, et elle m'embrassa bien fort, comme si elle avait cru m'avoir perdu ; puis nous entrâmes tous deux dans la maison noire.

L'homme de Saint-Geyrac avait dit à ma mère qu'elle pouvait aller demeurer à la tuilière, qu'il ne lui demandait rien, mais que la maison était en mauvais état. Avant de partir, il nous fallut prendre un homme pour faire l'estimation du cheptel avec le nouveau régisseur de l'Herm. L'estimation faite, ma mère comptait qu'il nous devait revenir dans les dix écus ; mais lorsqu'elle fut pour régler, il se trouva que c'était le contraire, que nous autres redevions une quarantaine de francs, comme le lui dit l'autre. Laborie nous avait marqué un demi-sac de blé dont ma mère n'avait aucune connaissance ; il n'avait pas porté en compte tout le prix d'un cochon que nous avions vendu à Thenon et, de plus, il avait omis d'inscrire l'argent de trois brebis que mon père lui avait remis. Il nous fallut donc quitter Combenègre soi-disant dans les dettes des messieurs.

L'homme de la Mïon vint le lendemain avec sa charrette pour emporter nos affaires. Tout ça n'était pas lourd pour les bœufs : notre mauvais lit, le méchant cabinet, la table, les bancs, la maie[1], la barrique à piquette, une marmite, une oule, une tour-

1. Coffre de bois pour ranger le pain.

tière, la poêle, un seau de bois et d'autres petites choses, comme la lanterne et la salière de bois. Tout ce misérable mobilier ne valait pas les quarante francs que nous étions censés redevoir aux messieurs de Nansac, par la canaillerie de ce Laborie qui nous faisait du mal jusqu'après sa mort.

Sur les deux heures, après avoir traversé un taillis, la charrette déboucha dans une grande clairière entourée de bois. Au milieu, était la tuilière ou ce qui en restait. De loin, c'étaient des toitures à moitié écrasées, noircies par le temps, mais, de près, c'était un amas de ruines.

En embrassant d'un regard toutes ces tristes choses, ma mère eut un petit frisson, un triboulement comme nous disons, et ses yeux se reportèrent sur moi. Mais, comme c'était une femme de grand cœur, elle entra fermement dans la maison où je la suivis, tandis que l'homme de la Mïon défaisait la corde du chargement.

Quelle maison ! Celle de Combenègre était bien nue, bien noire, bien triste, mais c'était une maison bourgeoise en comparaison de celle-ci. Lorsque la porte fut poussée, qui ne tenait plus que par un gond, elle se montra dans tout son délabrement. Ayant contemplé ça sans rien dire, ma mère ressortit pour aller aider l'homme à décharger le mobilier. Pour le faire plus aisément, lui se coula entre les bœufs et souleva le timon, tandis qu'elle ôtait la cheville de fer qui passait dans les rondelles, et appelait les bœufs. L'homme posa alors doucement le timon à terre et sur ce timon ainsi incliné, aidé de ma mère, il fit glisser tout bellement le châlit[1], le cabinet et le reste. Moi, pendant ce temps, je portai la brassée de foin devant les bœufs. Lorsque tout fut placé dans la maison, ma mère tira d'un panier le chanteau plié dans une touaille[2], puis le posa sur la table avec la salière et un oignon qu'elle prit dans la tirette[3]. Après ça, elle voulut remplir de piquette le pichet, mais le peu qui restait dans la barrique, à force d'avoir été secoué, était comme de la boue : elle sortit donc pour aller chercher de l'eau. Dans ce temps l'homme de la Mïon fit une frotte[4], et, assis sur le banc, mangeait lentement, coupant le pain à taillons et croquant l'oignon trempé dans le sel, à petites tranches.

Ayant achevé, il ferma son couteau, but la moitié d'un gobelet d'eau et se leva. Ma mère lui aida à atteler les bœufs ; il prit son aiguillon, répondit aux remerciements que ça n'était rien, nous donna le

1. Bâti de bois qui sert de lit.
2. Un torchon, une serviette.
3. Le tiroir.
4. Sorte de casse-croûte fait de pain frotté d'ail ou d'oignon et d'un peu de sel.

bonsoir et, reprenant son chemin, traversa lentement la clairière et disparut dans les bois.

Le soir, après avoir mangé deux ou trois pommes de terre à l'étouffée avec un peu de sel, lorsqu'il fut question de nous coucher, ma mère vit qu'il n'y avait jamais eu de serrure ou de verrou à la porte. On la fermait de dedans à l'ancienne manière avec une barre qui, entrant dans deux trous de chaque côté du mur, maintenait le battant. Voyant ça, ma mère tailla avec la serpe un bout de bois de longueur, l'ajusta bien, et ainsi ferma solidement, après quoi nous allâmes au lit.

Je crois bien qu'elle ne dormit guère de la nuit, bourrelée par l'idée de mon pauvre père, prisonnier à Périgueux, que la guillotine ou les galères attendaient. Pour moi, qui ne voyais pas toutes les conséquences de ce qu'il avait fait, après avoir un peu regardé les étoiles qu'on apercevait du lit, par le trou de la toiture, je m'endormis lourdement.

Outre ses chagrins par rapport à mon père, ma mère se tourmentait aussi en pensant à moi et à ce que nous allions devenir.

Dès le lendemain, ma mère s'inquiéta de trouver du travail. Aux Lucaux, un vieux qui se chauffait au soleil, le long d'un mur, nous dit qu'à Puypautier chez un riche paysan appelé Géral, elle pourrait trouver quelques journées pour travailler aux vignes ou sarcler les blés. Une fois que nous fûmes arrivés dans le village, un drôle nous fit voir une grande vieille maison où justement Géral était en ce moment. Lorsque, sur sa demande, ma mère lui eut dit qu'elle était la femme de Martissou, de Combenègre, la servante qui était là fit : « Oh ! Sainte Vierge ! » en nous regardant d'un air pas trop engageant. Mais Géral, l'ayant fait taire, dit à ma mère qu'il lui donnerait huit sous par jour, et qu'elle pourrait venir dès le lendemain.

Lors elle le remercia, et lui répondit que, ne pouvant m'abandonner seul à la tuilière au milieu des bois, elle le priait, si ça ne le dérangeait pas, de me laisser venir, et qu'il la payerait moins, en ce que je serais nourri aussi.

— Eh bien, amène ton drôle, dit le vieux Géral, qui n'avait pas l'air d'un mauvais homme ; et, au lieu de huit sous, je t'en donnerai cinq.

Le lendemain donc, nous fûmes de bonne heure à Puypautier et, tandis que ma mère ramassait les sarments dans les vignes avec une autre femme, moi, je m'amusais par-là, avec la drôle de la servante à Géral, qui gardait la chèvre et les oies et s'appelait Lina.

Une douzaine de jours se passèrent ainsi à m'amuser avec Lina, lorsqu'un soir, après souper,

Géral donna à ma mère les sous de ses journées, et lui dit qu'il n'avait plus besoin d'elle pour le moment. Il était un peu honteux en disant ça, comme quelqu'un qui ment ; et, en effet, il y avait encore du travail assez. Mais, à ce que nous dit l'autre femme qui travaillait avec ma mère, la servante lui faisait tant de train à cause d'elle que, pour avoir la paix, il la renvoya. Ayant reçu deux pièces de trente sous, ma mère les noua dans le coin de son mouchoir, remercia Géral, et puis nous nous en fûmes tristement, elle inquiète de l'avenir, moi désolé de quitter Lina.

Le lendemain, il fallut recommencer à courir les villages autour de la forêt pour chercher des journées. Cela dura trois ou quatre jours comme ça, pendant lesquels nous ne profitions guère, nous crevant à chercher inutilement du travail et n'ayant plus le bon ordinaire de chez Géral, lorsqu'un soir, en passant à la Grimaudie, un homme nous dit que le maire de Bars nous mandait d'y aller sans faute le lendemain.

Nous voici donc partis le matin et, sur les neuf heures, nous arrivions dans l'endroit. Une femme qui épouillait son drôle devant la porte, écachant[1] les poux sur un soufflet, nous montra la maison.

1. Écrasant.

Ayant cogné, ma mère ouvrit la porte lorsqu'une grosse voix nous eut crié d'entrer.

Un chien courant, maigre comme un pic, qui dormait devant le feu, se lança sur nous en aboyant.

— Tirez ! tirez ! lui cria la même voix rude, sans pouvoir le faire taire.

Dans le coin du feu, sur un fauteuil paillé, il y avait, les coudes sur les genoux, une vieille, très vieille, à la tête branlante, qui pouvait avoir cent ans, et nous regardait par côté d'un œil mort. Lui, le maire, était là aussi, dans sa cuisine, un pied sur un banc, attachant un éperon à son soulier, car c'était un mardi, et il allait partir pour le marché de Thenon.

Lorsqu'il eut attaché son éperon, il jeta un grand coup de pied au chien, qui jappait toujours, et le fit se cacher sous la table. Ma mère lui ayant alors expliqué qu'elle venait céans sur son commandement, il lui dit brusquement :

— Alors, c'est toi la femme de Martissou ?

— Oui bien, notre monsieur.

— Cela étant, il te faudra te rendre à Périgueux aujourd'hui en quinze, sans faute : on va juger ton homme. Voilà l'assignation ! ajouta-t-il en prenant un papier dans une tirette.

— Mon Dieu, comment ferons-nous ? disait ma mère sur le chemin, en nous en retournant.

Le jour arrivé qu'il nous fallait partir, nous avions dans un fond de bas, attaché avec un bout de gros fil, un peu plus de trois francs en sous et en liards. Ma mère mit le reste du chanteau dans le havresac de mon père, que le Rey nous avait rendu avec son couteau, le passa sur son épaule en bandoulière, prit un bâton d'épine, et nous partîmes après avoir attaché la porte à un gros clou avec une corde pour la tenir fermée.

Nous avions laissé le château du Lieu-Dieu sur notre droite, quand voici derrière nous un grand bruit de grelots. Nous retournant alors, nous apercevons une grande belle voiture attelée de quatre chevaux avec deux postillons en grandes bottes, culotte jaune, gilet rouge, habit bleu de roi, plaque au bras et chapeau de cuir ciré. Je me plantai par curiosité pour voir passer cette voiture, et ma mère en fit autant pour m'attendre. Lorsqu'elle fut là, je vis à travers les grands carreaux de vitre le comte de Nansac, la comtesse et leur fille aînée. Sur le siège de devant était le garde Mascret et, derrière, un domestique avec une chambrière. Ma mère regarda les messieurs d'un œil fiché[1], les mâchoires serrées, les sourcils froncés et, moi, je sentis en mon cœur s'élever un violent mouvement de haine. Eux, nous

1. Fixe.

voyant ainsi, mal vêtus, mouillés, pataugeant pieds nus dans la terre détrempée, détournèrent les yeux d'un air froid, méprisant, et la voiture passa, rapide, en nous éclaboussant de quelques gouttes de boue liquide.

Arrivés à Lesparrat, j'aperçus la belle plaine de l'Isle, et la rivière aux eaux vertes, bordée de peupliers, qui coule au-dessous du château du Petit-Change. En quittant le vallon étroit du Manoir enserré entre des coteaux arides aux terres grisâtres, aux arbres chétifs, il me sembla arriver dans un autre pays. Mais lorsque, après avoir monté la petite côte du Pigeonnier, je vis Périgueux au loin, avec ses maisons étagées sur le puy Saint-Front et, tout en haut, montant dans le ciel, le vieux clocher roussi par le soleil de dix siècles, ce fut bien autre chose. Je n'avais encore vu que le petit bourg de Rouffignac, et je ne pouvais m'imaginer un tel entassement de maisons, quoique je n'en visse qu'une partie.

Après avoir longé le jardin de Monplaisir, nous allons traverser le faubourg de Tournepiche ou, autrement, des Barris. Ayant longé l'ancien couvent des Récollets, qui est maintenant l'École normale, nous arrivons sur le Pont-Vieux, aux arches ogivales, défendu jadis par une tour à huit pans dont les fondements se voient encore.

Après que j'eus regardé un bon moment, planté

à l'entrée du pont, étourdi par le bruit des eaux tombant de l'écluse, ma mère me tira par la main, et nous voici montant la rue qui allait à la place du Greffe ; rue roide, pavée de gros cailloux de rivière, rouges, que la pluie du matin faisait reluire au soleil.

En arrivant sur la place, bordée à cette époque de maisons anciennes, dans le genre de celle du coin de la rue Limogeane, nous vîmes dans le fond, sur l'emplacement où est maintenant la halle, l'ancien hôtel de ville, où étaient les prisons depuis la Révolution. Ma mère souleva le lourd marteau de fer qui retomba avec un bruit sourd. Un pas accompagné d'un cliquetis de clefs se fit entendre, et le guichet s'ouvrit.

— Qu'est-ce que vous voulez ? dit une voix dure.

— Voir mon homme, répondit ma mère.

— Et qui est celui-là, votre homme ?

— C'est Martissou, de Combenègre.

— Ah ! l'assassin de Laborie... Eh bien ! vous ne pouvez pas le voir sans permission ; mais son avocat est avec lui en ce moment : attendez-le quand il sortira.

Et le guichet se referma.

Ma mère s'assit sur le montoir[1] de pierre près de la porte, et moi, curieux, je reculai de quelques pas pour regarder ce vieil hôtel de ville qui avait vu

1. Sorte de banc de pierre qui servait à monter à cheval.

passer tant de générations. C'était un assemblage de bâtiments irréguliers, inégaux, solidement construits pour résister à un coup de main. Le tout était dominé par la tour carrée du beffroi[1], haute, à créneaux, avec des gargouilles aux angles et un toit très aigu surmonté d'une girouette.

Tandis que je regardais tout ça, la porte se rouvrit et un jeune monsieur dit à ma mère :

— C'est vous qui êtes la femme de Martin Ferral ?

— Oui, notre monsieur, pour vous servir, si j'en étais capable, dit ma mère en se levant.

— Vous ne pouvez pas voir votre homme en ce moment, pauvre femme ; mais c'est demain qu'il passe aux assises, vous le verrez. Je suis son avocat – continua-t-il – venez un peu chez moi, j'ai besoin de vous parler.

Et il nous mena dans sa chambre, qui était au deuxième étage dans une maison de la rue de la Sagesse, au n° 11, là où il y a encore une jolie porte ancienne avec des pilastres et des ornements sculptés. Ayant monté l'escalier en colimaçon logé dans une tour à huit pans, le monsieur nous fit entrer chez lui et, nous ayant fait asseoir, commença à questionner ma mère sur beaucoup de choses, et, à mesure qu'elle répondait, il écrivait. Il lui demanda notam-

---

1. Tour servant au Moyen Âge à faire le guet et dont la cloche sonnait l'alarme.

ment si ces propositions que lui faisait Laborie avaient été entendues de quelqu'un, et elle lui répondit que non, que nul, sinon mon père, bien par hasard, ne les avait ouïes, parce que cet homme était rusé et hypocrite ; mais qu'il était au su de tout le monde qu'il attaquait les femmes jeunes qui étaient sous sa main, comme les métayères, ou celles qui allaient en journée au château. Ça se savait, parce qu'en babillant au four, ou au ruisseau en lavant la lessive, les femmes se racontaient, du moins celles qui ne l'avaient pas écouté, comme la Mïon de Puymaigre.

— Bon, dit l'avocat, je l'ai fait citer comme témoin, avec d'autres.

Lorsqu'il eut fini ses questions, il expliqua à ma mère ce qu'il fallait dire devant la Cour et comment ; qu'elle devait narrer tout au long les poursuites malhonnêtes de Laborie, et raconter une par une toutes les misères qu'il leur avait faites et fait faire, à cause de ses refus de l'écouter. Il lui recommanda bien de dire, ce qui était la vérité, que mon père était fou de rage et qu'il n'avait tiré sur Laborie qu'en le voyant rendre au garde le fusil avec lequel il l'avait blessée au front, et puis tué sa chienne.

Lorsque nous fûmes pour nous en aller, l'avocat demanda à ma mère où nous étions logés et, après qu'elle lui eut répondu ne savoir encore où nous gîterions, venant seulement d'arriver, il prit son chapeau et nous emmena dans une petite auberge, dans la rue de la Miséricorde. Après nous avoir recommandés à la bourgeoise, il dit à ma mère de ne pas manquer d'être à dix heures au tribunal, le lendemain ; et, comme elle lui demandait s'il y avait bon espoir, il fit un geste et dit :

— Tout ce qui est entre les mains des hommes est incertain ; mais le mieux est d'espérer jusqu'à la fin.

3

Le lendemain, à l'heure dite, nous étions devant le bâtiment de l'ancien Présidial[1], qu'on appelait encore de ce nom et qui était sur la place du Coderc, juste en face des prisons, à l'endroit où est aujourd'hui le numéro 8. De la porte d'entrée, on passait sous une voûte qui aboutissait à une petite cour noire et entourée de grands murs. Tandis que nous attendions dans cette cour, parlant avec des gens de chez nous cités comme témoins, voici que des pas lourds, éperonnés, sonnent sous la voûte, et mon père arrive, les mains enchaînées, escorté de trois gendarmes. Ma mère poussa un cri terrible, et ils

1. Tribunal datant du XVIe siècle qui jugeait sans appel, en dernier ressort.

eurent beau faire, les gendarmes, elle se jeta sur son homme, le prit à plein corps et l'embrassa fort en criant et en se lamentant, pendant que moi, je le tenais par une jambe en pleurant.

— Allons, allons, disaient les gendarmes, c'est assez, c'est assez, vous le verrez après.

— Donne-moi le drôle, dit mon père.

Alors ma mère, me prenant à deux mains, me haussa jusqu'à son col, que je serrai de toute ma force dans mes petits bras.

— Mon pauvre Jacquou ! mon pauvre Jacquou ! faisait mon père en m'embrassant.

Enfin, il fallut nous séparer, moitié de gré, moitié de force, tirés en arrière par les gendarmes, qui emmenèrent leur prisonnier.

Après avoir attendu longtemps, lorsqu'un huissier appela ma mère, nous entrâmes dans une haute salle longue, voûtée à nervures, et faiblement éclairée par deux fenêtres en ogive donnant sur une cour. Dans le fond, sur une estrade fermée par une barrière de bois, il y avait trois juges assis devant une grande table couverte d'un tapis vert et encombrée de papiers. Celui du milieu avait une robe rouge, qui donnait des idées sinistres ; les deux autres étaient enrobés de noir, et tous trois portaient lunettes. De chaque côté de l'estrade étaient assis, devant des tables plus petites, le procureur et le greffier. Au mur, dans le fond, au-dessus des juges, un grand tableau représentant Jésus-Christ en croix, tout ruisselant de sang.

Pendant que ma mère déposait, un monsieur répétait en français ce qu'elle avait dit en patois. Moi, je n'y faisais pas grande attention, occupé que j'étais à regarder mon père qui me regardait aussi ; mais, à un moment, dans l'affection qu'elle y mettait, ma mère haussa fort la voix, et, me retournant, je vis que tout le monde considérait cette grande femme bien faite sous ses méchants vêtements, qui avait une belle figure, des cheveux noirs et deux yeux qui brillaient tandis qu'elle parlait pour son homme.

Lorsqu'elle eut fini, le procureur du roi se leva et fit son réquisitoire avec de grands gestes et des éclats de voix qui résonnaient sous la voûte. Je ne comprenais pas tout ce qu'il disait ; pourtant il me semblait qu'il tâchait de faire entendre aux douze messieurs du jury que de longtemps mon père avait l'idée d'assassiner Laborie. Ce qui le prouvait, à son dire, c'était le propos tenu à Mascret quelque temps auparavant, qu'il ferait un malheur si on tuait sa chienne, et cela étant, il méritait la mort.

On doit penser en quel état nous étions, ma mère et moi, en entendant ce procureur parler de mort. Pour mon père, il n'avait pas l'air de l'écouter, et son regard fiché sur nous semblait dire : « Que deviendront ma femme et mon pauvre drôle si je suis condamné ?... »

Le procureur ayant terminé, notre avocat se leva et plaida pour mon père. Il fit voir, par tous les témoignages entendus, quel gueux c'était que Laborie ; il représenta toutes les misères qu'il nous avait faites, appuya surtout sur les propositions malhonnêtes dont il poursuivait sans cesse ma mère, et enfin montra clairement que c'était par un coup de colère que mon père avait tué ce mauvais homme, et non par dessein pourpensé. Bref, il dit tout ce qu'il était possible pour le tirer de là, mais il ne réussit qu'à sauver sa tête : mon père fut condamné à vingt ans de galères.

Lorsque le président prononça l'arrêt, un murmure sourd courut dans le public, et nous autres, ma mère et moi, nous nous mîmes à gémir et à nous lamenter en tendant les bras vers le pauvre homme que les gendarmes emmenaient. Et parmi tout ce monde qui s'écoulait, j'ouïs le comte de Nansac dire à Mascret :

— Nous en voilà débarrassés ! il crèvera au bagne.

Le surlendemain, l'avocat, ayant eu une permission, nous mena voir mon père. Quels tristes moments nous passâmes dans cette geôle ! Je coule là-dessus car, après tant d'années, ça me fait mal encore d'y penser.

Cette nuit-là, je dormis mal. La tête pleine de mauvais rêves, je me réveillais des fois en sursaut et je me serrais contre ma mère, qui, elle, la pauvre femme, ne dormait pas du tout et, pour me tranquilliser, me prenait et m'embrassait longuement. Lorsque vint le jour, elle se leva et, me laissant sommeiller, alla s'asseoir près de la fenêtre, regardant sans rien voir, perdue dans son chagrin. Ainsi je la vis sur la chaise, lorsqu'à sept heures j'ouvris les yeux, les bras allongés, les mains jointes, la tête penchée, le regard fiché sur le plancher. De la rue montaient les cris des marchands de tortillons et de châtaignes, ce qui acheva de m'éveiller. Ma mère m'ayant habillé, nous sortîmes, pensant revoir mon père ce jour-là, comme son avocat nous l'avait fait espérer : aussi, nous allâmes droit à la prison où il nous avait dit de l'attendre. En chemin, ma mère acheta pour deux liards de châtaignes sèches qui n'étaient guère bonnes, car la saison était passée, et nous fûmes nous asseoir contre cette terrible porte ferrée. Cependant que nous étions là, moi prenant les châtaignes, une à une, dans la poche du tablier de ma mère, elle songeant tristement, voici qu'une grande voiture à caisse noire, longue, en forme de fourgon couvert et percée seulement sur les côtés de petits fenestrons grands comme la main et grillés de fer, s'arrêta devant la prison. Un homme en descendit en uniforme gris, avec un briquet pendu à une buffleterie[1] blanche, et s'en fut frapper à la porte de la prison qui s'ouvrit et se referma sur lui.

Aussitôt arrivèrent des enfants, des curieux, des gens de loisir, qui s'attroupèrent autour de la voiture, disant entre eux :

— Voilà la galérienne qui va emmener ceux qui ont été condamnés dernièrement.

Nous nous étions levés transis, ma mère et moi, oyant ça, lorsque la porte se rouvrit, et l'homme au briquet en sortit, précédant un gendarme après lequel venaient trois hommes enchaînés, dont le dernier était mon père ; un autre gendarme les suivait. L'homme gris ouvrit derrière la voiture une petite porte pleine, solidement ferrée, et fit monter les condamnés. En voyant ainsi partir mon père, sans nous être fait les adieux, nous autres jetions les hauts cris en pleurant ; mais lui, quoique poussé par les gendarmes, se retourna et cria à ma mère :

— Du courage, femme ! pense au drôle !

Là-dessus, un gendarme monta derrière lui, la porte fut refermée à clef, l'autre gendarme se mit devant avec l'homme en gris, et le postillon enleva ses trois chevaux qui partirent au grand trot.

---

1. Pièce de cuir qui sert de baudrier ; un briquet est un sabre court.

Pendant un moment, nous restâmes là, tout étourdis, comme innocents, nous lamentant, sans faire attention aux badauds qui s'étaient assemblés autour de nous. Pourtant, j'ouïs un homme en tablier de cuir qui disait :

— Moi, je l'ai vu juger, celui-là, et sur ma foi il vaut cent fois mieux que celui qu'il a tué... Quant à ceux-là qui l'ont poussé à bout, ils sont plus coupables que lui ! Ah ! il y a quelque vingtaine d'années, on les aurait mis à la raison !

Étant allé chez l'avocat, il fut bien étonné d'apprendre que mon père était parti, car on lui avait assuré que la galérienne ne devait passer que le lendemain. Mais, soit qu'on l'eût trompé à l'exprès, ou bien qu'elle eût avancé d'un jour, c'était fini, il fallait se faire une raison, comme il nous dit. Après qu'il nous eut réconfortés de bonnes paroles, et un peu consolés en nous promettant de nous donner des nouvelles de mon père, ma mère le remercia bien fort de tout ce qu'il avait fait pour sauver son pauvre homme, et aussi de toutes ses bontés pour nous. Et comme elle ajoutait que, n'ayant rien, elle était totalement incapable de le récompenser de ses peines, il lui répondit :

— Je ne prends rien aux pauvres gens ; ainsi ne vous tracassez pas pour cela.

Là-dessus, ma mère lui demanda son nom, l'assurant que, l'un et l'autre, nous lui serions reconnaissants jusqu'à la mort.

— Mon nom est Vidal-Fongrave, dit-il ; je suis content de n'avoir pas obligé des ingrats ; mais il ne faut rien exagérer : je n'ai fait que mon devoir d'homme et d'avocat.

Ayant quitté M. Fongrave, ma mère se décida à partir tout de suite, vu que nous n'avions plus de motif de rester à Périgueux, et qu'il était encore de bonne heure. Auparavant nous fûmes à l'auberge, où elle demanda à la bourgeoise ce que nous devions, en tremblant de n'avoir pas assez d'argent ; mais l'autre lui répondit :

— Vous ne me devez rien du tout, brave femme ; M. Fongrave a tout payé à l'avance ; et même, tenez, il m'a chargée de vous remettre ça.

Et elle lui tendit un écu de cent sous plié dans du papier.

— Mon Dieu ! fit ma mère les larmes aux yeux, il y a encore de braves gens dans le monde ! Dites à M. Fongrave, je vous prie en grâce, que je ne l'ai pas assez remercié tout à l'heure, mais que tous les jours de ma vie, en me rappelant le malheur de mon pauvre homme, je penserai à sa bonté !

— Ah ! dit la femme, c'est un bien brave jeune monsieur ! Et, sans vouloir faire du tort aux autres avocats, je crois qu'il n'y en a guère comme lui !

Au sortir de l'auberge, ayant gagné la place du Greffe, nous redescendîmes vers le faubourg des Barris, et un instant après, nous étions dans la campagne, sur la grande route.

Lorsque nous fûmes dans ce petit vallon qui vient du Grand-Bonnet, passe sous La Granval et descend vers Saint-Geyrac, le soleil tomba tout à fait derrière l'horizon des bois, et le crépuscule s'étendit sur la forêt, assombrissant les coteaux boisés, et, autour de nous, les coupes de châtaigniers. En même temps l'angélus du soir tinta assez loin devant nous, au clocher de Bars, et bientôt, sur main droite, plus faiblement, à celui de Rouffignac. Ma mère alors me reprit par la main et pressa le pas ; malgré ça, il était nuit close lorsque nous fûmes à la tuilière.

Dès le jour ensuivant, malgré tout son chagrin, la pauvre femme s'inquiéta de trouver des journées. De retourner chez Géral, il n'y fallait point songer, à cause de la servante qui « coupait le farci » chez lui, comme on dit de celles qui font les maîtresses ; moi, je le regrettais fort à cause de Lina. À force de chercher, ma mère trouva à s'employer chez un homme de Marancé dont l'aîné était parti s'enrôler, car, en ce moment, on ne tirait plus au sort depuis la chute de Napoléon[1]. Cet homme donc, ayant

1. Le tirage au sort annuel des jeunes gens aptes au service fut aboli en 1814 puis rétabli en 1818.

besoin de quelqu'un pour l'aider, car sa femme ne pouvait guère, ayant toujours un nourrisson au col et cinq ou six autres drôles autour de ses cotillons, prit ma mère à raison de six sous par jour et nourrie. Mais lorsqu'elle voulut parler de m'amener, comme chez Géral, il lui dit roidement qu'il avait bien assez de drôles chez lui pour le faire enrager, qu'il y en avait même trop, et qu'ainsi il n'en voulait pas davantage.

Ma mère se désolant de ça, je lui dis de ne pas se faire de mauvais sang en raison de moi ; que je resterais très bien seul à la tuilière, sans avoir peur. Malgré ça, elle n'en était pas plus contente ; mais ainsi qu'on dit communément : « Besoin fait vieille trotter » ; les pauvres gens ne font pas souvent à leur fantaisie, et il lui fallut se résigner.

J'aimais cette solitude et ce quasi-silence, qui amortissaient, sans que j'y fisse attention, les cruels ressouvenirs de mon pauvre père et, tous les jours, pendant que ma mère travaillait à Marancé, je courais dans les bois, mangeant une mique ou un morceau de pain apporté dans ma poche, me gorgeant de fruits sauvages, buvant dans les creux où l'eau s'assemblait, car il n'y a guère de sources dans la forêt, et me couchant sur l'herbe lorsque j'étais las.

Le dimanche, ma mère restait à la tuilière, bien contente d'être avec moi, et elle s'occupait de rapetasser nos pauvres hardes, qui en avaient grand besoin, surtout les miennes, car on pense bien qu'avec cette vie dans les bois, à traverser les ronciers, à grimper aux arbres, mes culottes et ma chemise en voyaient de rudes. Ce jour-là, elle faisait de la soupe avec quelque chose qu'on lui avait donné, ou avec des haricots que nous appelons mongettes, et il nous semblait bon de manger comme ça ensemble, étant toute la semaine chacun de notre côté. La nécessité enseigne de bonne heure les enfants du pauvre ; lors donc que j'étais seul, s'il restait un peu de bouillon, je le faisais chauffer quelquefois, et je me trempais de la soupe dans une petite soupière ; mais, ordinairement, j'aimais mieux aller courir.

Il y en a qui diront :

— Alors vous viviez comme des *higounaous*, des huguenots[1] ! vous n'alliez pas à la messe le dimanche, ni à vêpres ?

Eh ! non, nous n'y allions pas. Ma mère, la pauvre, croyait bien au paradis et à l'enfer ; elle savait bien qu'elle se damnait en faisant ainsi ; d'ailleurs, elle ne pouvait l'ignorer, car le curé, l'ayant rencontrée un soir qu'elle revenait, harassée de sa journée, le lui avait reproché, disant que de ne pas aller à la messe, de ne point se confesser, ni faire

1. Protestants (au sens péjoratif, synonyme de mauvais chrétiens).

ses Pâques, c'était vivre comme la chenaille[1]. Non, elle n'allait pas à l'église et ne m'y menait point, faute de n'avoir le temps, disait-elle, mais il y avait autre chose. S'il faut dire la vérité, elle s'était brouillée avec le Bon Dieu : elle lui en voulait, et surtout à la Sainte Vierge, de ce que mon père avait été condamné. Elle convenait bien qu'il devait être puni, mais non pas de mort, parce que les vrais coupables, ceux qui l'avaient poussé à faire ce coup, c'était le comte, qui avait donné l'ordre injuste et méchant de tuer notre chienne, et puis cette canaille de Laborie, qui la poursuivait de ses propositions malhonnêtes. Je dis : puni de mort, car, en ce temps-là, ce n'était pas comme à présent, où les forçats sont mieux soignés et plus heureux là-bas, dans les îles, que les pauvres gens de par chez nous. Ceux qui tenaient dix ans à cette vie des galères avaient la carcasse solide ; mais la plupart mouraient avant, surtout ceux qu'on envoyait à Rochefort, dans les marais de la Charente. Et justement, c'était là qu'on avait mis mon père, sur la demande du comte de Nansac, comme M. Fongrave nous le fit savoir. Dans le commencement, comme on nous avait dit que Rochefort était plus près de la tuilière que Brest ou Toulon, nous nous en contentions, comme si d'être séparés de cinquante, ou de cent, ou de deux cents

1. Équivalent de « canaille ».

lieues, ça n'était pas la même chose pour nous. Mais, depuis, j'ai su par un marinier de Saint-Léon que c'était là qu'on envoyait ceux dont on voulait se défaire.

Et pour mon pauvre père, ça ne fut pas long. Tout le jour à travailler dans les boues de la rivière, nourri de mauvaises fèves, enchaîné la nuit sur le lit de planches, il attrapa les terribles fièvres du bagne. Et puis, la perte de sa liberté et le chagrin le minaient plus que la maladie : aussi, au bout de quelques mois, le pauvre misérable mourut désespéré.

L'avant-veille de la Toussaint, le maire fit appeler ma mère, et lui dit brutalement devant le curé, qui était avec lui sur la place de l'église :

— Ton homme est mort là-bas, il y eut hier quinze jours ; tu peux lui faire dire des messes.

— Les pauvres gens n'en ont pas besoin, repartit ma mère : ils font leur enfer en ce monde.

Et elle s'en alla. Il était nuit noire lorsqu'elle arriva à la tuilière, où je l'attendais au coin du feu en faisant cuire des châtaignes sous la cendre pour mon souper. Sans rien me dire, elle défit son mouchoir de tête et, se recoiffant, elle cacha en dessous la pointe du mouchoir qui était ramenée en avant.

Il faut dire qu'autrefois il y avait des manières différentes de se coiffer en mouchoir : les filles laissaient pendre un long bout par-derrière, sur le cou, comme pour pêcher un mari ; les femmes glorieuses d'avoir un homme ramenaient fièrement ce bout en avant sur l'oreille, tandis que les pauvres veuves le cachaient sous leur coiffure, désolées de leur viduité[1].

En ce temps-là, je ne connaissais pas la signifiance de cette pointe de mouchoir, et je regardais faire ma mère, tout étonné. Lorsqu'elle eut fini, elle prit une gibe, sorte de forte serpe au bout d'un long manche et, me tenant par la main, elle m'emmena à travers la forêt.

Elle marchait d'un pas rapide, m'obligeant ainsi à courir presque, muette, farouche, serrant ma main dans la sienne d'une pression égale et forte. Nous allions toujours sans mot dire, moi pressentant quelque chose de grave dans ce long silence, et ému par avance à la pensée de quelque terrible révélation. Enfin, sur les onze heures, nous vîmes sur la lisière de la forêt se dresser dans le ciel noir les toits pointus du château de l'Herm, et ma mère pressa le pas en contournant le coteau pour éviter le village. En rencontrant les fossés de l'enceinte, ma mère les longea et, s'arrêtant en face de la porte extérieure, la tête haute, les yeux brillants, les cotillons fouettés par le vent, me dit :

— Mon drôle, ton père est mort là-bas aux

1. Veuvage.

galères, tué par le monsieur de Nansac : tu vas jurer de le venger ! Fais comme moi !

Et suivant le rite antique des serments solennels, usité dans le peuple des paysans du Périgord depuis des milliers d'années, elle cracha dans sa main droite, fit une croix dans le crachat avec le premier doigt de sa main gauche et tendit la main ouverte vers le château.

— Vengeance contre les Nansac ! dit-elle trois fois à haute voix.

Et, moi, je fis comme elle et je répétai trois fois :

— Vengeance contre les Nansac !

Cela fait, tandis que les grands chiens hurlaient au chenil, ayant côtoyé les maisons du village endormi, nous fûmes prendre le vieux grand chemin royal qui passe près de l'Herm et traverse les bois en se dirigeant vers Thenon. Trois quarts d'heure après, nous étions à la Croix-de-Ruchard, qui se trouve maintenant sur la lisière de la forêt, et, laissant La Salvetat sur la droite, nous rentrâmes dans les bois de La Granval, suivant les sentiers pour revenir à la tuilière, où nous fûmes rendus sur les deux heures du matin.

Cependant l'hiver était là : il n'y a pas d'ouvrage pour les journaliers en ce temps-là. Voyant donc qu'elle n'aurait pas de travail autrement, ma mère, qui était bonne filandière, chercha du chanvre à filer, d'un côté et d'autre, et en trouva quelque peu. Elle se mettait une châtaigne sèche, toute crue, dans la bouche, pour faire de la salive, et filait ainsi du matin au soir, gagnant à peu près ses trois sous par jour : il n'y avait pas pour manger notre aise de pain. Heureusement, l'homme à qui était la tuilière nous avait donné des châtaignes à ramasser à moitié, de manière que nous en avions la valeur de deux sacs sur de la fougère, dans le fond de la cassine[1], ce qui nous assurait de ne pas mourir de faim cet hiver.

Ce qui fait la peine des uns arrange quelquefois les autres. Vers la mi-carême, la femme de Tâpy, là où avait travaillé ma mère, tomba malade, de manière que son homme manda à ma mère d'y aller pour la soigner, les drôles aussi, et tenir la maison. La pauvre femme resta au lit un mois et demi et, aussitôt qu'elle put se lever, quoique bien faible, il lui fallut reprendre son travail, car Tâpy était un peu serré et même avare, de sorte que d'être obligé de payer une femme pour faire les affaires dans la maison, si peu que ce fût, alors qu'il en avait une à lui, ça le suffoquait ; tellement bien, qu'il en voulait à sa femme d'être malade, comme si c'eût été sa faute, à la pauvre diablesse !

Voilà donc ma mère encore une fois sans travail, de manière qu'au bout d'un mois et demi, les

1. Petite maison, baraque.

quelques sous qu'elle avait amassés furent dépensés. Un jour vint où il n'y eut plus de pain chez nous, ni de pommes de terre. Les châtaignes, il y avait longtemps qu'elles étaient finies ; de graisse, plus : nous faisions la soupe avec un peu d'huile rance, tant qu'il y en eut ; dans un fond de sac, seulement, il restait un peu de farine de blé d'Espagne. Ma mère la pétrit, en fit des miques qu'elle fit cuire, en disant :

— Lorsqu'elles seront finies, il nous faudra prendre le bissac et chercher notre pain.

Entendant ça, je maudissais ce comte de Nansac qui était la cause de la mort de mon père aux galères, et qui voulait nous faire crever de misère. En moi-même je répétais ce que j'avais souvent ouï dire à ma mère :

— Le Bon Dieu n'est pas juste de souffrir ça !

Si j'avais eu le fusil de mon père, qu'au greffe ils gardaient, je crois que je me serais embusqué dans la forêt pour tuer comme un loup ce méchant noble, lorsqu'il passait à cheval avec ses chiens, l'air froid et méprisant, criant, lorsqu'il rencontrait quelque paysan sur son chemin :

— Gare, manant !

En ruminant toutes ces choses pénibles, affolé par la misère, je vins à penser que nous étions à la veille de la Saint-Jean. C'est la coutume dans nos pays que, ce jour-là, on allume un feu sur les cafourches ou carrefours, auprès des villages et des maisons écartées. De la tuilière, au milieu des bois, on ne pouvait pas apercevoir tous ces feux, mais je ne m'en souciais guère, car, sur le coup où j'avais pensé à cela, m'entra comme une balle dans la tête cette idée : mettre le feu à la forêt de l'Herm ! De cet instant, je ne m'occupai d'autre chose : la nuit, j'en rêvais. Ce n'était pas la résolution perverse d'un enfant précocement méchant, faisant le mal pour le mal, par plaisir ; non. À la guerre sans pitié du comte je répondais par une guerre semblable ; ne pouvant le tuer – ce que j'aurais fait alors sans remords – je lui causais un grand dommage. Je tenais mon serment, je vengeais mon père ; cette pensée me faisait du bien. Tout ça n'était pas, à ce moment-là, aussi net dans ma tête que je le dis aujourd'hui, mais je le sentais tout de même.

Le difficile était d'en venir à mes fins. J'y songeais tous les jours, cherchant les moyens, les pesant, les comparant et, finalement, m'arrêtant aux meilleurs, c'est-à-dire à ceux qui pourraient rendre l'incendie plus considérable.

Tandis que je ruminais ces choses dans ma tête, ma mère, ayant su qu'on avait besoin de faneuses au Cheylard, y alla le lendemain, me laissant seul pour tout le temps des fenaisons, car c'était trop loin pour revenir chaque soir. Elle se fâchait de ça, mais je la tranquillisai en l'assurant que je ne m'inquiétais point d'être seul. Si je lui avais dit la vérité, j'aurais dit que j'en étais content. Le premier jour, je l'accompagnai jusqu'au Cheylard, où, ayant demandé quelque peu d'argent d'avance sur ses journées, elle acheta chez le fournier de Rouffignac une tourte de pain que j'emportai.

Mon plan était bien arrêté, je n'avais plus qu'à chercher un bon endroit et à attendre le moment propice.

Plusieurs jours se passèrent dans l'attente. Il faisait un soleil brûlant qui séchait sous bois les herbes et les brindilles, ce qui me réjouissait, en me faisant espérer une belle flambée ; mais point de vent. Pourtant, un matin, avec la lune le temps changea, et un fort vent d'est se mit à souffler, à mon grand contentement. Toute la journée, je trépignai, impatient, et, la nuit venue, j'emplis un vieux sabot de braises et de cendres, et, le cachant sous ma veste, je m'encourus à travers les bois.

Lorsque j'arrivai à mon endroit, j'étais essoufflé et tout en sueur. L'herbe flamba rapidement : j'y ajoutai quelques brindilles et, à mesure que le feu prenait, des petits morceaux de branches mortes. Après qu'il fut bien allumé, j'y jetai une brassée de broussailles sèches que j'avais amassées, et incontinent, la flamme monta, gagnant le bois. Bientôt, sous l'action du vent, le taillis fut en feu, et je me sauvai comme j'étais venu, par les fourrés, emportant le sabot qui m'aurait dénoncé.

Arrivé à la tuilière, les mains saignantes, les jambes éraflées par les ronces, je me couchai tout habillé, agité, inquiet, ne craignant qu'une seule chose, que le feu ne s'éteignît de lui-même, ou par l'orage qui ronflait au loin. Vers une heure après minuit, j'entendis de grands bruits, et, me levant, je sortis. Le tocsin sonnait aux clochers d'alentour, avec des tintements pressés, sinistres.

Alors je fus pris d'un grandissime désir de contempler mon ouvrage. Je gagnai à travers les coupes un des endroits les plus élevés de la forêt, où il y avait un grand hêtre sur lequel j'étais monté plus d'une fois, et, l'embrassant aussitôt, je me mis à grimper.

Je restai là, à cheval sur une grosse branche, jusqu'à la pointe du jour, suivant les progrès du feu, qui, sauf en quelques coins préservés par un bout de chemin, ne s'arrêta qu'après avoir dévoré toute la forêt, laissant après lui un vaste espace noir d'où s'élevaient des nuages de fumée. Alors, repu de vengeance, je descendis de mon arbre, et m'en retournai à la tuilière, plein d'une joie sauvage.

Dès lors, il me sembla que je devenais un

homme. L'orgueil de ma mauvaise action me grisait ; je mesurais ma force à son étendue, et je me complaisais dans le sentiment de ma haine satisfaite. De remords, je n'en avais pas l'ombre, pas plus que le sanglier qui se retourne sur le veneur, pas plus que la vipère qui mord le pied du paysan. Au contraire, la réussite de mon projet m'affriandait jusqu'à me faire songer aux moyens de me venger encore.

Le dimanche, quand vint ma mère passer la journée à la tuilière, elle me demanda si je n'avais pas eu peur, la nuit de l'incendie, à quoi je répondis que non, et que, tout à l'opposé, je m'étais réjoui en voyant brûler les bois du comte.

À l'air dont je dis cela, elle me regarda, prise d'un soupçon, et puis, comprenant tout à coup, se jeta sur moi, m'enleva contre sa poitrine et m'embrassa furieusement.

— Ah ! dit-elle en me reposant à terre, il ne sera jamais assez puni !

Trois ou quatre jours après, les fenaisons finies, la pauvre femme revenait tard, recrue, épuisée de fatigue, pour avoir peiné toute une longue journée de quinze heures sous un soleil pesant. Elle se hâtait fort afin d'arriver avant l'orage qui la suivait, mais elle eut beau se presser, un peu après avoir passé

La Salvetat, les nuages crevèrent à grand bruit, et toute en sueur, haletante, une pluie froide mêlée de grêlons lui tomba dessus, de manière qu'au bout de trois quarts d'heure, lorsqu'elle arriva sous cette pluie battante, trempée jusqu'à la peau, elle triboulait, c'est-à-dire grelottait, et n'en pouvait plus. N'ayant pas d'autres habillements pour se changer, elle se coucha, et, moi, j'en fis autant. Toute la nuit je la sentis contre moi, brûlante, agitée par la fièvre, et tourmentée dans son demi-sommeil de mauvais rêves qui la faisaient déparler, ou délirer. Le matin, comme c'était une vaillante femme, elle voulut se lever ; mais, ayant mis la marmite sur le feu pour faire cuire les pommes de terre, elle fut obligée de se recoucher, prise de frissons avec de forts claquements de dents, et se plaignant d'un grand mal dans les côtés.

La voyant ainsi, je la couvris de tout ce que je pus trouver, de son cotillon séché et, finalement, de ma veste, mais elle frissonnait toujours. Je pensai alors à aller quérir du secours, mais lorsque je lui en parlai, elle me dit faiblement :

— Ne me quitte pas, mon Jacquou !...

Comme on doit penser, j'étais bien inquiet. Ne sachant que faire pour apaiser la soif qui la tourmentait, je coupai en quartiers des pommes d'anis que la pauvre femme avait portées pour moi dans la poche de son tablier et, les faisant bouillir, j'en fis une espèce de tisane que je lui donnais lorsqu'elle demandait à boire, ce qui était souvent.

Quelquefois, je me disais que, si elle pouvait s'endormir, je courrais jusqu'aux Granges pour avoir du secours ; mais, quand je bougeais le moindrement, elle ouvrait les yeux et disait :

— Tu es là, mon Jacquou ? ne me laisse pas !

Et je lui répondais, en lui prenant la main :

— Ne crains point, mère, je ne te quitterai pas.

Et elle refermait les paupières, brisée par la fièvre, et la poitrine haletante, oppressée.

La nuit d'après, elle se mit à délirer, parlant de la guillotine, de galères, appelant son pauvre homme, mort là-bas, sur une planche nue, les fers aux pieds. Tous nos malheurs lui revenaient dans la tête, et l'affolissaient[1]. Elle criait après le comte de Nansac, et reniait la Vierge Marie qui n'avait pas sauvé son homme. Dans sa fièvre, elle battait des bras sur le couvre-pieds pour chasser le bourreau qu'elle disait voir au fond du lit, ou cherchait à se lever pour aller rejoindre son Martissou qui l'attendait. J'avais grand-peine à la calmer un peu ; il me fallait monter sur le lit, la prendre par le cou et lui parler comme à un petit drôle en l'embrassant. Au matin, harassée de fatigue, elle s'assoupit un peu et, moi, la voyant ainsi, je crus qu'elle allait mieux ; mais,

1. Affolaient.

lorsqu'elle se réveilla en sursaut avec une longue plainte, je vis bien que non. Sa respiration devenait de plus en plus pénible, précipitée, et la fièvre était si forte que sa main brûlait la mienne. La journée se passa ainsi, et quand revint la nuit, elle ne pouvait plus parler, mais se doulait[1] et s'agitait désespérément. Oh ! quelle nuit ! Qu'on s'imagine un enfant seul dans une cahute perdue au milieu des bois, avec sa mère agonisante ! Pendant plusieurs heures, la pauvre malheureuse se débattit contre la mort, faisant aller follement ses bras, essayant d'arracher le couvre-pieds, se soulevant tout entière dans les transports de la fièvre, les yeux égarés, la poitrine haletante, et retombant sur le lit, le souffle lui faisant défaut un instant, pour reprendre encore par un pénible effort. Vers la minuit ou une heure, la fièvre cessa, et un bruit rauque sortit de sa poitrine, le rommeau ou râle de la mort ! Cela dura une demi-heure ; j'étais sur le banc près du lit et, à moitié couché, je tenais la main de ma pauvre mère serrée contre ma poitrine. La connaissance lui revint tout à fait à la fin ; elle tourna vers moi ses yeux pleins d'un angoisseux désespoir et deux grosses larmes coulèrent sur ses joues amaigries et hâlées ; puis ses lèvres remuèrent, le râle s'arrêta : elle était morte.

1. Se plaignait.

Alors, moi, plein de douleur et d'épouvante, je l'appelai :

— Mère ! mère !

Et je me mis à sangloter sur sa main que je gardais toujours dans les miennes.

Je restai longtemps là, immobile, affaissé. Lorsque je relevai la tête, à la lueur du chalel, que le vent venant du trou de la tuilée faisait vaciller, je vis la figure de ma mère qui prenait une teinte de cire jaunâtre. Ses yeux étaient restés ouverts, et aussi sa bouche, dont les lèvres rétractées laissaient voir les dents. Oh ! de quelle funèbre terreur je fus pris en la voyant ainsi ! Je ne pus la regarder une minute et, me cachant la figure dans les draps, rempli de désespoir et d'effroi, j'achevai de passer de la sorte cette horrible nuit.

Le jour venu, je me relevai un peu rassuré et j'avisai ma pauvre mère. Maintenant elle était froide, roidie par la mort ; sa main que je touchais glaçait la mienne ; ses cheveux noirs, défaits dans les mouvements de fièvre, s'épandaient en mèches épaisses sur le lit, comme des serpents ; sa pâleur était devenue terreuse ; ses yeux étaient vitreux et ternis, et sa bouche, toujours grande ouverte, semblait clamer le désespoir de laisser son drôle seul sur la terre.

Je restai là un moment à la contempler, puis, faisant ce que j'avais ouï dire qu'on faisait en tel cas, je lui couvris la figure avec le linceul, et, ayant fermé la porte, je m'en fus chercher quelqu'un. Au Petit-Lac, une femme qui filait accotée contre un mur, me voyant passer bien ennuyé, me demanda ce que j'avais. Lui ayant dit ce qui en était, elle leva les bras en disant :

— Sainte Vierge !

Et puis elle me fit une quantité de questions, et finit par me dire :

— Ah ! donc, tu es le drôle du défunt Martissou !

Et ce fut tout. Comme elle ne me faisait aucune offre de service, je la quittai et m'en allai tout droit à Bars, chez le maire qui tout de suite me reconnut.

— Et qu'est-ce que tu demandes ? me dit-il rudement, selon son habitude.

Après que je lui eus dit la mort de ma mère, il fit un geste de mauvaise humeur, grommela quelques paroles entre ses dents et finit par me répondre tout haut :

— Tu peux t'en retourner, on fera le nécessaire.

Je m'en revins à la tuilière et j'attendis assis devant la porte toute la journée. Sur les cinq heures, quatre hommes vinrent avec une espèce de civière à rebords, sorte de caisse longue avec des brancards dont on se servait pour porter en terre les pauvres qui n'avaient pas de quoi avoir un cercueil, ce qui était commun en ce temps-là. Entrés qu'ils furent, l'un d'eux découvrit la figure de ma mère et dit :

— Pauvre femme ! elle était trop jeune pour mourir !

Ils la laissèrent dans les draps, les rabattirent, puis l'ayant mise dans le vieux couvre-pieds, tout bâti et rapiécé de morceaux différents, après l'avoir bien arrangée dedans, ils attachèrent les linceuls au-dessus de la tête et aux pieds. Cela fait, ils prirent ce pauvre corps roide et le posèrent sur la civière, puis chacun prit un des quatre bras, et, étant sortis de la maison, ils se mirent en marche à travers la forêt.

Moi, je les suivais machinalement, m'arrêtant lorsqu'ils s'arrêtaient, repartant avec eux, perdu de chagrin, sans penser à rien, regardant d'un œil fixe le corps de ma mère plié dans le couvre-pieds, qui s'en allait secoué par l'effet des accidents de terrain, et autour duquel de grosses mouches noires venaient bourdonner...

Au sortir de la forêt, les chemins étant découverts et meilleurs, les hommes purent porter tout le temps sur l'épaule et hâtèrent le pas. En passant près d'un village, une vieille pauvresse, qui venait de chercher son pain, comme en faisait foi son bissac à moitié plein sur son échine courbée, se signa disant à mi-voix :

— C'est grand'pitié de voir une pauvre créature portée en terre comme ça !

Et, tirant son chapelet de sa poche, elle suivit avec moi.

L'*Ave Maria*[1] sonnait comme nous arrivions au bourg de Bars. Les hommes posèrent la civière devant le portail de l'église, et l'un d'eux alla quérir le curé. Celui-ci vint, un moment après, jeta un coup d'œil sur le corps, et dit :

— Cette femme ne fréquentait pas l'église et n'a pas fait ses Pâques ; elle reniait Dieu et la Sainte Vierge ; c'est une huguenote : il n'y a pas de prières pour elle... Vous pouvez la porter dans le coin du cimetière où la fosse est creusée.

Les hommes restèrent un instant étonnés, puis, reprenant leur fardeau, ils entrèrent dans le cimetière tandis que la vieille me disait :

— Si tu avais eu de quoi payer, il aurait bien fait l'enterrement tout de même... Jésus mon Dieu !

Dans un coin du cimetière, plein de pierraille, de ronces et d'orties, le trou était là tout prêt, et l'homme qui l'avait fait attendait. Sur la planche inclinée, les porteurs placèrent le corps et, autant qu'ils purent, le firent glisser doucement. Puis ils ôtèrent peu à peu la planche, et ma pauvre mère se coucha au fond du trou noir, où elle était à peine

1. « Salut Marie », prière que l'on adresse à la Sainte Vierge (mots latins).

étendue que le fossoyeur commença à jeter la terre et les pierres qui tombaient sur elle avec un bruit mat...

Pendant ce temps la nuit était venue, et moi, noyé dans mon chagrin, j'étais debout, regardant comme imbécile la fosse qui se comblait. À côté, la vieille, à genoux, disait son chapelet. Après que l'homme eut achevé, elle se leva, fit un signe de croix et, me touchant le bras, me dit :

— Viens-t'en, mon petit, c'est fini.

Et je la suivis jusqu'au village où on la retirait[1] dans une grange et, lorsqu'elle m'eut fait monter, écrasé de douleur et de fatigue, je tombai sur le foin et je m'endormis d'un lourd sommeil.

---

1. Où elle vivait retirée.

4

Le matin, à mon réveil, je fus tout étonné de me trouver dans un grenier à foin ; mais bientôt la mémoire me revint. Je regardai autour de moi : la vieille était partie, mais, se doutant que j'aurais faim, elle m'avait laissé un bon morceau de pain. Mon ventre criait, comme ça devait être depuis deux jours que je n'avais rien mangé.

Je pris donc le pain et je descendis du fenil. Dans la cour je ne vis personne, et la porte de la maison était fermée ; ce qu'ayant vu, je m'en allai en mangeant.

Arrivé à la tuilière, lorsque j'aperçus cette masure déserte et ce châlit sur lequel il ne restait plus que la paillasse et une méchante couette, je m'assis sur le banc et me mis à pleurer en songeant à ma mère écrasée là-bas sous six pieds de terre et en me voyant tout seul au monde. Ayant pleuré mon aise pour la dernière fois, je me décidai à partir.

À ceux que je rencontrais sur les chemins, dans les villages, je demandais où je pourrais trouver à me louer, mais les premiers auxquels je m'adressai ne me surent rien dire de bon.

Vers le soir, je commençai à penser où je me retirerais pour la nuit. En face de moi, sur le coteau voisin, un village était campé, dont les vitres brillaient au soleil couchant avec des reflets d'incendie. Mais d'aller y demander l'abri, c'était comme pour le manger, ça me faisait crème[1]. J'avais pourtant couché la veille dans une grange, comme un mendiant, mais je m'étais laissé conduire par la vieille, ne sachant où j'en étais. Il faisait beau temps, et chaud, de manière que je ne me tracassai pas trop de ça, et je continuai mon chemin. La nuit m'attrapa du côté de la Pinsonnie, lorsque, avisant dans une vigne perdue une de ces cabanes rondes au toit de pierre pointu, j'y allai droit. Il y avait, dans la logette, de la brande et des fougères sèches qui marquaient qu'on y venait au guet : je m'arrangeai sur cette litière et je m'endormis.

---

1. Cela me faisait mal, honte.

Au matin, dès l'aube, je repartis, et, pendant de longues heures, je marchai au hasard, m'offrant dans les grosses maisons mais inutilement. Ce jour-là, je ne mangeai pas, ayant toujours honte de mendier, et, quand vint la nuit, je me couchai au pied d'un châtaignier, dans un tas de bruyère coupée. Je ne sommeillai pas tout d'abord, car je commençais à m'inquiéter de ne pas trouver à me louer, et je me demandais ce que j'allais devenir si cela continuait ainsi. Enfin, malgré cette inquiétude et les tiraillements de mon estomac, je finis par fermer les yeux.

Le soleil me réveilla, et je me remis en marche ; mais j'avais tellement faim qu'en passant dans un village appelé La Suzardie, et voyant sur sa porte une femme qui avait une bonne figure, je surmontai ma honte et je lui demandai la charité, « pour l'amour de Dieu », selon l'usage, et en baissant les yeux. La femme alla me chercher un morceau de pain, qui était aussi noir et dur que pain que j'aie vu ; malgré ça, je me mis à le manger tout de suite comme un affamé que j'étais. Alors, m'ayant questionné, comme de bon juste, mes réponses ouïes, cette femme m'enseigna le chemin du château d'Auberoche, assez près de Fanlac, où peut-être on me prendrait. Mais, arrivé à Auberoche, le maître valet me dit, sans autre explication, qu'on n'avait pas besoin de moi céans.

Je commençais à croire que quelque sorcière m'avait jeté la mauvaise vue ; mais que faire à cela ? Je repartis donc et, grimpant le rude coteau pelé au fond duquel est le château, je m'en allai vers Fanlac.

Tout en montant le chemin roide et pierreux bordé de murailles de pierres sèches, je faisais de tristes réflexions sur mon sort. Tout de même, je tâchais de prendre courage en suivant ce chemin pénible, mû par l'espérance. Le soleil rayait fort et tombait d'aplomb sur ma figure hâlée ; il faisait une chaleur à faire bader les lézards, et les pierres du chemin brûlaient mes pieds nus. Aussi, lorsque je fus sur la crête du haut coteau rocailleux où était pinqué le petit bourg de Fanlac, j'étais rendu[1], et je m'assis à l'ombre de la vieille église pour me reposer.

Sur la petite place devant l'église, au pied d'une ancienne croix, un coq grattait dans le terreau et appelait ses poules pour leur faire part d'un vermisseau. Je contemplais tout cela, machinalement, les yeux mi-clos, bercé par ces bruits qui m'enveloppaient, et alangui par le manque de nourriture. Tandis que j'étais là, rêvant vaguement au sort qui m'attendait, l'angélus de midi sonna dans le clocher, envoyant au loin, sur la campagne brûlée par le

1. Fatigué, épuisé.

soleil, un son clair, et faisant vibrer la muraille massive contre laquelle je m'étais adossé. Puis la cloche se tut, et le curé sortit de l'église, où il venait sans doute de remplacer son marguillier[1] occupé à la moisson. En me voyant, il s'arrêta et me dit avec une voix forte, mais bonne pourtant :

— Que fais-tu là, petit ?

Je m'étais levé et, pendant que je lui racontais mon histoire, il me regardait d'un air de compassion. J'étais bien fait pour ça car, depuis que je traînais mes habillements, ils étaient en guenilles. À mesure que le curé m'examinait, je voyais, dans ses yeux couleur de tabac, sourdre une grande pitié. C'était un homme de taille haute, fort, aux cheveux noirs grisonnants, au front carré, aux joues charbonnées par une barbe rude de deux jours. Son grand nez droit, charnu, partageait une figure maigre, et son menton avancé, avec un trou au milieu, finissait de lui donner un air dur qui m'effrayait un peu ; mais ses yeux, où se reflétait la bonté de son cœur, me rassuraient.

Quand j'eus fini de parler, le curé me dit :

— Viens avec moi.

La maison curiale était là, tout près de l'église, la porte donnant sur la petite place, pas loin d'un vieux puits à la margelle usée par les cordes à puiser l'eau.

---

1. Bedeau, sacristain (laïc chargé de la garde et de l'entretien d'une église).

Entré que je fus derrière le curé, sa servante, qui était en train de tremper la soupe, s'écria :

— Hé ! qui m'amenez-vous là ?

— Tu le vois, un pauvre enfant mal couvert et qui n'a plus ni père ni mère.

— Mais il doit avoir des poux ?

Moi, je secouai la tête, ce qui amena sur les lèvres du curé un petit commencement de sourire, tandis qu'il répondait à sa chambrière :

— S'il en a, ma pauvre Fantille, nous les lui ôterons ; le plus pressé, c'est de le faire manger, car je crois que depuis quelque temps il ne vit pas trop bien.

Et là-dessus, allant au vaisselier, il y prit une assiette de faïence à fleurs, une cuiller d'étain, et ensuite remplit l'assiette d'une bonne soupe aux choux.

— Tiens, mange.

Tandis que je mangeais avidement, debout au bout de la table, le curé me regardait faire avec plaisir. Après que j'eus fini, il prit un pichet que la Fantille était allée remplir et me versa un bon chabrol.

— Tu en mangerais bien encore une pleine cuiller ? me dit-il, en montrant la soupe, lorsque j'eus achevé de boire.

Je n'osais dire oui, par honnêteté, mais il le

connut et me remplit de nouveau mon assiette, après quoi il passa de l'autre côté, où la servante lui porta la soupière.

Tandis qu'il était dans une seconde chambre à côté, où il couchait, je regardai celle où j'étais.

Cependant le curé revint avec un paquet de linge sous le bras et m'emmena.

En passant dans la cuisine, la Fantille, voyant le paquet, hocha la tête :

— Vous savez que bientôt vous n'en aurez plus pour vous changer !

— Bah ! fit le curé sans s'émouvoir, il y a encore des chènevières[1] dans la commune, et puis des fileuses... sans compter que Séguin, le tisserand, ne demande qu'à travailler.

Et nous sortîmes, tandis que la Fantille disait :

— Oui, oui, riez, et puis quand vous n'aurez plus de chemises...

Je n'entendis pas la fin.

Au milieu d'une petite ruette passant entre des jardins, et aboutissant à des vignes encloses de murailles basses d'où sortaient des pousses de figuiers, le curé ouvrit une porte ronde, et nous nous trouvâmes dans une cour fermée par une écurie, des volaillères, un fournil et de grands murs. Au fond,

1. Terrains réservés à la culture du chanvre, une plante textile.

une vieille maison terminée d'un côté par un pavillon à un étage avec un toit très haut.

Dans la cour, une chambrière donnait du grain à la poulaille et aux pigeons.

— Votre demoiselle y est, Toinette ? fit le curé.

— Oui bien, monsieur le curé, Mlle Hermine est dans le salon à manger.

— En ce cas, je passe par le jardin.

Et, poussant une petite claire-voie, le curé longea le mur tapissé de jasmins, de rosiers grimpants, de grenadiers en fleur et s'arrêta devant un perron de trois marches. La porte-fenêtre était ouverte, et, à l'entrée, une vieille demoiselle, en cheveux blancs, travaillait assise dans un grand fauteuil, avec une chaise pleine de linge devant elle.

Entendant le curé la saluer, elle releva ses besicles et dit :

— Ah ! c'est vous, curé ; gageons que vous m'apportez de l'ouvrage ?

— Tout juste... et de l'ouvrage pressé même !

— Vous avez encore fait quelque bonne trouvaille ?

— Eh ! oui.

Et, se retournant, il me montra à la vieille demoiselle.

— Oh ! Seigneur Jésus ! s'écria-t-elle, et d'où sort celui-ci ?

— De la Forêt Barade.

— Alors ça ne m'étonne pas qu'il soit ainsi dépenaillé... Viens çà, mon petit !

Et, lorsque, ayant monté les trois marches, je fus devant elle, elle ajouta :

— Il a besoin d'être nippé, c'est sûr.

— Pour commencer, dit le curé, voici de quoi lui faire deux chemises.

La vieille demoiselle déplia les deux chemises et fit :

— Hum ! elles ne sont pas trop bonnes, curé ! Enfin, nous tâcherons d'en tirer parti.

Et, ce disant, elle mesurait sur moi, avec une chemise, la longueur du corps, celle des manches, et marquait tout cela au moyen d'épingles.

— Je vais m'y mettre tout de suite, continua-t-elle ; Toinette m'aidera, et demain il en aura une... Il est gentil, cet enfant-là, vous savez, curé – ajouta-t-elle en relevant les yeux sur moi – et il a l'air éveillé comme une portée de souris.

— Ah ! les femmes ! toujours sensibles aux avantages physiques ! dit le curé en plaisantant.

— Si cela était, riposta la vieille demoiselle en riant, nous ne serions pas si bons amis.

— Bien touché ! fit le curé en riant aussi. Et où est M. le Chevalier ?

— Il est allé jusqu'à La Grandie, voir si le meunier a ramassé beaucoup de blé.

— C'est à craindre que non. Avec la sécheresse qu'il fait depuis un mois, l'étang doit être à sec... Allons, mademoiselle, au revoir et merci !

En sortant de là, nous allâmes chez le tisserand. Dans une espèce d'en-bas, comme un cellier, où l'on n'y voyait guère, l'homme était assis sur une barre, faisant aller son métier des pieds et des mains, comme une araignée filant sa toile.

— Séguin, dit le curé, il me faudrait de bon droguet[1] solide, pour faire des culottes à ce drôle et une veste.

— Ça ne sera pas de gloire... monsieur le curé, je vais vous donner ça.

Et, ayant fait le prix, l'homme mesura avec son aune l'étoffe que le curé emporta. En chemin, il entra dans une petite maison.

— Ton homme n'y est pas, Jeannille ?

— Eh ! non, monsieur le curé, il travaille à Valmassingeas ; mais demain il aura fini.

— Alors, qu'il vienne demain, sans faute ; ne manque pas de l'avertir ; c'est pour habiller ce drôle : tu vois qu'il en a besoin.

— Oui, le pauvre !

— Maintenant, me dit le curé en nous en allant,

1. Tissu assez raide et de médiocre qualité, servant souvent aux vêtements des paysans.

je te ferai porter une paire de sabots de Montignac et un bonnet : ainsi tu seras équipé.

— Faites excuse, monsieur le curé, mais je n'ai pas besoin de sabots avant l'hiver, étant habitué à marcher nu-pieds dans les pierres et les épines, et pour ce qui est d'un bonnet, je ne puis rien souffrir sur la tête.

— C'est vrai que tu as une bonne perruque ; mais tout ça te servira à un moment ou à l'autre.

Dès que nous fûmes rentrés, la Fantille demanda au curé où il entendait me faire coucher.

— Dans la chambrette qui est derrière la tienne, où l'on met les hardes ; tu lui arrangeras le lit de sangles.

Et il alla dans le jardin lire son office.

Le soir, M. le chevalier de Galibert vint après souper et, me voyant, dit :

— Ah ! ah ! voilà le petit sauvage de la Forêt Barade... Quels yeux noirs, et quels cheveux ! il y a là une goutte de sang sarrasin... Et que faisais-tu là-bas, garçon ?

Lorsque je lui eus conté mon histoire, le chevalier tira une tabatière d'argent de la grande poche de son gilet, prit une bonne prise, et donna cette sentence :

— *Cil va disant : « Noblesse oblige »*

Qui, maufaisant, ses pairs afflige[1].

Puis il s'en fut trouver le curé au jardin en marmottant entre ses dents :

— Décidément, ce Nansac ne vaut pas cher.

Deux jours après, j'étais habillé de neuf, et j'avais une chemise blanche. Mon pantalon et ma veste de droguet me semblaient superbes après mes guenilles ; mais je continuai à aller tête et pieds nus.

— À ton aise, m'avait dit le curé ; pourtant, le dimanche, il te faudra mettre les bas que la Fantille te fait, et tes sabots, pour venir à la messe.

Quel changement dans mon existence ! Au lieu d'être par les chemins à chercher mon pain, sans savoir où je coucherais le soir, j'avais le vivre et le couvert, et tout mon travail consistait à aller puiser de l'eau ou fendre du bois pour la cuisine ; à aider la Fantille au ménage, et le curé au jardin ; je n'avais qu'une peur, c'est que ça ne durât pas.

Un soir, tout en arrosant, le curé me parla ainsi :

— Maintenant que te voilà apprivoisé, je vais t'enseigner à parler français d'abord, à lire et à écrire ensuite ; après, nous verrons.

Je fus bien content de ces paroles, car je compris alors que le curé s'intéressait à moi et voulait me garder. À partir de ce jour, tous les matins, après la

---

1. Tel va disant « noblesse oblige » qui, en faisant le mal, chagrine ses égaux.

messe, il me montrait, deux heures durant ; après quoi, il me donnait des leçons à apprendre dans la journée et, le soir, il me faisait encore deux heures de classe avant souper.

Quoique enfant encore ignorant, comme celui qui ne fait que commencer à apprendre, je m'étais vite aperçu que rien n'était plus agréable au curé que de faire le bien, et de voir en profiter ceux à qui il le faisait. C'est ce qui me donnait tant de cœur à étudier, en voyant quelle affection il me montrait.

— Aussitôt que tu sauras bien lire, m'avait-il dit, tu apprendras les répons[1] de la messe, et tu me la serviras, car ce pauvre Francès se fait vieux.

Quand la bonne volonté y est, on apprend vite. Aussi le curé me dit un jour :

— À Pâques, tu seras en état de servir la messe.

Je le remerciai simplement, car il n'était pas façonnier et n'aimait pas les compliments, quoique bon comme il n'est pas possible de le dire.

À partir de ce moment, je servis de marguillier au curé, et le vieux Francès n'eut plus besoin que de sonner l'angélus et se promener avec sa bourrique pour ramasser le blé et l'huile qu'on lui donnait pour ses peines, comme c'était la coutume. J'étais

1. Paroles tirées des Écritures prononcées alternativement par le prêtre et les fidèles.

content plus qu'on ne peut le dire d'être utile au curé.

Moi, je me conformais bien tant que je pouvais à ses préceptes, et j'y avais du goût ; mais il y avait au fond de mon être une chose que je ne pouvais pas vaincre, c'était ma haine pour le comte de Nansac. Lorsque le passé douloureux de ma première enfance me revenait à la mémoire, je me disais que je serais un fils ingrat et dénaturé si j'oubliais toutes les misères que cet homme nous avait faites, tous les malheurs qui nous étaient venus par lui. Et, quand je songeais à mon père mort aux galères, à ma mère agonisant dans toutes les angoisses du désespoir, ma haine se ravivait ardente, comme un feu de bûcherons sur lequel se lève le vent d'est.

On comprend que, dans ces dispositions, tout ce que j'apprenais au désavantage des Nansac me faisait grand plaisir. Un jour, j'eus de quoi me contenter. Étant au jardin à biner des pommes de terre, tandis que le curé et le chevalier se promenaient dans la grande allée du milieu, j'entendis raconter à ce dernier que l'aînée des demoiselles de Nansac était partie avec un freluquet, on ne savait où. Cela me fit prêter l'oreille, et j'ouïs tout ce que disait le chevalier :

— Moi, mon pauvre curé, je ne suis pas comme vous, ça ne m'étonne pas :

Elle a de qui tenir,
Le sang ne peut mentir.

— Que voulez-vous dire ?

— Vous allez le voir, mon ami. Le cas des Nansac n'est pas tel : ils sont nobles, mais à la façon de ceux de Ponchartrain[1], qui vendait des lettres de noblesse deux mille écus. Le père du vieux marquis d'aujourd'hui était tout bonnement un porteur d'eau, natif de Saint-Flour, qui avait commencé sa fortune dans la rue Quincampoix[2], et l'avait grossie en tripotant dans les fournitures militaires et dans un tas d'affaires véreuses. Ce maltôtier[3], nommé Crozat, se faisait appeler « de Nansac », à cause d'une métairie qu'il possédait dans son pays. Il acheta la terre de l'Herm, et fut anobli, grâce à ses écus. Son fils, le marquis actuel, avait épousé une femme sans principes, qui se rendit célèbre par ses frasques, en un temps où il était difficile de se distinguer en ce genre. L'étendue de ses relations amoureuses l'avait fait surnommer *La Cour et la Ville*. Parmi ses nombreux amants, elle en eut d'utiles. Le vieux débauché La Vrillière[4], ministre

1. Intendant des finances de Louis XIV, qui créa en 1696 des lettres de noblesse pour les vendre.

2. Rue de Paris, principal centre d'affaires sous la Régence.

3. Collecteur d'un impôt extraordinaire, la maltôte (la « mal levée »).

4. Ministre de Louis XVI réputé pour ses galanteries et ses prodigalités, qui fut disgracié par le roi en 1775.

tout-puissant de Louis XV, se pliait à tous ses caprices. Ce fut lui qui fit conférer au fils du porteur d'eau le titre de marquis dont il est affublé... Vous comprenez maintenant, curé, que les filles du comte ont de qui tenir, ayant eu une telle grand-mère.

— Voilà de vilaines histoires, dit le curé ; je ne connaissais pas cette origine.

Moi, j'écoutais cette conversation sans en perdre un mot. Je fus tout content de savoir que les Nansac n'étaient pas des nobles de la bonne espèce ; et, de vrai, lorsque je les comparais au chevalier et à sa sœur, qui étaient la fine fleur des braves gens, bons comme du pain de chanoine, honnêtes comme il n'est pas possible, je ne pouvais pas m'empêcher de croire qu'il y avait deux races de nobles, les uns bons, les autres méchants. C'était une idée d'enfant ; depuis, j'ai vu que là c'était mélangé, comme partout.

Quelque temps après cet entretien, le curé me dit :

— Jacquou, maintenant il te faut songer à prendre un état. Voyons, que préfères-tu ? Veux-tu être tisserand ? sabotier ? maréchal ? veux-tu te mettre en apprentissage avec Virelou le tailleur ? as-tu quelque idée pour un métier quelconque ?

— Monsieur le curé, je ferai ce que vous me conseillerez.

— Cela étant, mon ami, je te conseille de te faire cultivateur. C'est le premier de tous les états, c'est le plus sain, le plus intelligent, le plus libre. C'est, vois-tu, le travail des champs qui a libéré de la servitude le peuple de France, et c'est par lui qu'un jour la terre sera toute aux paysans... Mais n'allons pas si loin. Comme je me doutais de ta réponse, voici comment j'ai arrangé les choses avec M. le Chevalier. Tu travailleras le jour à la réserve avec Cariol : c'est un bon ouvrier terrien qui te montrera à labourer, sarcler, biner, faucher, moissonner, façonner les vignes, et le reste. Tu vivras avec lui et la Toinette chez M. le Chevalier, mais tu coucheras ici, parce que, le soir, je pourrai encore te donner quelques leçons et t'enseigner des choses qui te seront utiles plus tard. Lorsque tu seras grand, que tu sauras bien ton état de laboureur, tu trouveras aisément à te louer ; et, plus tard, ayant mis de côté tes gages, tu chercheras une honnête fille économe et tu te marieras, et vous serez chez vous autres ; ce qui est une belle et bonne chose, et bien à considérer : ainsi voilà qui est entendu.

Je remerciai bien le curé, comme on pense, et, dès le lendemain, j'allai travailler avec Cariol.

5

Cinq années se passèrent ainsi, bien pleines et sans nul souci présent pour moi. De temps en temps, il me sourdait quelque pénible souvenir du comte de Nansac et de tous mes malheurs, comme une piquée d'écharde dans la chair, mais le travail amortissait ça un peu. L'hiver, nous allions énoiser[1] dans les maisons, et après, chacun son tour, on allait faire l'huile au moulin de La Grandie. Et puis il y avait les veillées, où l'on aidait aux voisins à égrener le blé d'Espagne, à peler les châtaignes pour le lendemain,

1. Ôter les coquilles des noix avant de les porter au pressoir pour en faire de l'huile.

tandis que les femmes filaient et que les anciens disaient des contes.

Les choses marchaient donc à souhait ; tout le monde était satisfait de moi, et moi bien reconnaissant à tous ceux qui me faisaient bien. Mais, « si ça marchait toujours au gré de tous sur la terre, les gens ne voudraient pas aller en paradis », comme disait le chevalier.

Depuis quelque temps il n'était pas content, le brave et digne homme, il trouvait dans sa gazette des nouvelles de Paris qui ne lui convenaient pas. Les affaires de la politique prenaient une vilaine tournure : on avait guillotiné quatre sergents de La Rochelle, fusillé des généraux, des officiers ; les jésuites[1] revenus étaient les maîtres partout, et c'étaient de mauvais maîtres. Les missionnaires envoyés par eux prêchaient de ville en ville, provoquant des persécutions contre les incrédules, les jacobins[2], excitant quelquefois des troubles, durement réprimés ; tout cela causait par toute la France un mécontentement général qui favorisait le développement des sociétés secrètes.

— Vous verrez, disait le chevalier en racontant

---

1. Membres de la Compagnie de Jésus, ordre dissous par le pape en 1773 et reconstitué en 1814.
2. Républicains farouchement partisans de la Révolution.

ça, vous verrez que ces *ultras*[1] finiront par faire renvoyer le roi en exil.

Je ne savais point ce qu'étaient les *ultras*, mais, d'après tout ça, je me figurais que ce devait être une espèce de royalistes dans le genre du comte de Nansac.

Pour ce qui regardait les missionnaires, la chose était sûre, car à Montignac ils avaient planté une croix sur la place d'armes, juste à l'ancien endroit de l'arbre de la liberté[2], et par leurs sermons violents, leurs paroles de haine, ils avaient réussi à soulever un tas de gredins contre les patriotes connus pour leur attachement à la Révolution.

J'ai dit que le chevalier n'était pas content de la manière dont marchaient les affaires, mais bientôt le curé eut encore plus sujet de se plaindre.

Quelques jours après, le piéton[3] de Montignac lui apporta une lettre cachetée de cire violette, venant de Périgueux. Après en avoir pris connaissance, le curé vint trouver le chevalier et lui dit qu'il avait besoin de moi pour m'envoyer à La Granval.

— Il est à vous plus qu'à moi, fit le chevalier : la permission est inutile.

M'étant habillé promptement, le curé me dit :

1. Membres du parti « ultraroyaliste ».
2. Plantation symbolique d'un arbre sur la place du village pour célébrer les conquêtes de la Révolution.
3. Facteur rural, qui faisait à pied le service de la poste.

— Tu vas aller à La Granval trouver le Rey et tu lui diras qu'il me faudrait une avance de dix écus sur le pacte de la Saint-Jean. Il n'est pas nécessaire de courir : couche là-bas et reviens demain, ce sera assez tôt.

Là-dessus, je partis en coupant au plus court, je traversai les brandes au-delà de Fanlac, et je m'en fus tout droit à La Granval, en passant par Chambor, Saint-Michel et le Lac-Viel. Arrivé que je fus, la femme du Rey ne voulait pas me reconnaître :

— Ça n'est pas Dieu possible que ce soit toi, Jacquou !

Enfin, lui ayant rappelé tout ce qui s'était passé lors de nos malheurs, elle finit par s'en accertainer[1]. Le Rey étant survenu peu après, me reconnut bien, lui, et me dit :

— Te voilà tout à fait dru, petit !

Le soir, je soupai avec ces braves gens, et puis ils me firent coucher. Étant au lit dans cette maison où mon pauvre père avait été pris, je pensai longtemps à des choses tristes, et puis je finis par m'endormir. À la pointe du jour, je me levai. Le Rey me donna les dix écus et je repartis, non pas sans avoir bu un coup et trinqué avec lui.

Il me faut dire ici que, depuis quelque temps, lorsque je voyais un garçon et une fille se promener

1. Convaincre.

seuls dans un chemin, ou se parler, le dimanche sur la place en se tenant par la main, et s'amitonner[1], ça me tournait les idées du côté de l'amour, et alors, je ne sais pas pourquoi, je me prenais à penser à la petite Lina. Je me demandais si elle était toujours à Puypautier, ce qu'elle faisait, si elle était aussi jolie qu'étant petite ; et je me disais que je serais bien heureux de l'avoir pour mie[2]. Tout ça fit que, me trouvant de ces côtés, je fus pris d'un grand désir de la revoir : ça m'allongeait bien un peu de passer par Puypautier, mais je n'étais pas pressé. En approchant du village, assez embarrassé de savoir comment m'y prendre pour la voir sans que cela se sût, je rencontrai une drôlette qui gardait ses oies, comme autrefois Lina quand je l'avais connue. M'étant informé à cette petite, elle me dit que la Lina touchait ses brebis, et qu'elle devait être dans des friches qu'elle me montra. Je m'en fus par là et, en approchant, je la vis seulette qui faisait son bas[3], accotée contre un chêne de bordure, tandis que ses brebis broutaient l'herbe courte. Sans faire de bruit, je vins tout près d'elle :

— Oh ! Lina ! c'est donc toi !

— Jacquou ! dit-elle en me reconnaissant et en devenant toute rouge.

---

1. Se témoigner de l'affection.
2. Amie.
3. Tricotait.

Alors je lui demandai le portage[1] d'elle et de chez elle et j'appris bien des choses : que le vieux Géral s'était marié avec sa mère, et qu'elle était maintenant la fille de la maison.

Cette nouvelle ne me fit guère plaisir : j'aurais préféré la retrouver pauvre comme moi ; mais, au reste, j'étais si heureux de la revoir que ce ne fut qu'une contrariété d'un instant. Elle était toujours gente, la Lina. C'était maintenant une belle fille, de moyenne taille, bien faite et d'une jolie figure. Son mouchoir de tête laissait voir ses cheveux châtain clair ; ses yeux bruns et doux étaient abrités par de longs cils qui faisaient une ombre sur ses joues duvetées comme une pêche mûre, et sa petite bouche, rouge comme une fraise des bois, découvrait ses dents blanches lorsqu'elle riait :

— Que tu es donc joliette, Lina !

— Tu dis ça pour rire, Jacquou !

— Non, par ma foi, je le dis tel que je le pense.

— Les garçons disent tous comme ça.

— Ah ! il y en a donc qui te le disent ? fis-je, piqué de jalousie.

— On ne peut pas empêcher ça ; mais rien n'oblige de les croire.

— Et moi, dis ? me crois-tu ?

— Tu es curieux, Jacquou !... fit-elle en riant.

---

1. Des nouvelles d'elle et des siens.

— Oh ! écoute, ma petite Lina ! depuis huit ans que je ne t'ai vue, j'ai songé souvent à toi. Il me semblait te voir encore toute nicette[1], avec ta petite tête frisée, gardant tes oies par les chemins, mignarde comme une tourterelle des bois. Plus j'ai grandi, et plus mon idée se tournait vers toi ; et, maintenant que je t'ai revue, tu ne sortiras plus de ma pensée, quoi qu'il advienne !

— Oh ! Jacquou ! tu es un enjôleur... Et où donc as-tu appris à parler comme ça ?

Et alors, je lui racontai mon histoire tout du long, maudissant le comte de Nansac et faisant de grandes louanges du chevalier, de sa sœur, et du curé Bonal, qui m'avait enseigné. Je voyais bien que ce que je lui disais lui faisait plaisir, et qu'elle était contente que je fusse un peu plus instruit que l'on était à cette époque de nos côtés, où l'on aurait pu chercher à deux lieues à la ronde autour de la forêt sans trouver un paysan sachant lire. De temps en temps, elle levait les yeux sur moi, sans lâcher de faire son bas, et je connaissais qu'elle ne me haïssait pas, rien qu'à son regard qui disait toute sa pensée, la pauvre drôle.

En parlant du curé, ça me fit songer que depuis deux heures, j'étais là à babiller, et qu'il me fallait m'en aller. Mais, avant, je voulus que Lina me dît où

1. Naïve, innocente.

je pourrais la revoir. D'aller lui parler le dimanche à Bars, au sortir de la messe, sa mère qui était toujours là ne le trouverait pas à propos, croyait-elle.

— Adonc, je ne te verrai plus ?

— Écoute, me dit-elle, je dois aller à Auriac le jour de la Saint-Rémy, le 23 du mois d'août, avec une voisine...

— J'irai donc à la dévotion de la Saint-Rémy.

Et, la regardant avec amour, je lui pris la main :

— Oh ! ma Lina, à cette heure je suis bien content... Adieu !

Et, en même temps, l'attirant un peu à moi, je l'embrassai, toute rougissante.

— Tu profites de ce que suis trop bonne, Jacquou !

Je l'embrassai une autre fois, et je m'en fus, non sans regarder souvent derrière moi.

Et m'en allant, il me semblait que j'avais des ailes, et que tous mes sens avaient crû soudain. Je trouvais le pays plus beau, les arbres plus verts, le ciel plus bleu. Je sentais en moi une force inconnue jusqu'à ce jour. Quelquefois, arrivant au pied d'un terme[1], j'étais pris du besoin de dépenser cette force ; je grimpais en courant à travers les pierres et les broussailles et, parvenu en haut, je me plantais,

1. Une hauteur, une colline.

les narines gonflées, et je regardais, tout fier, le raide coteau escaladé.

Lorsque j'entrai chez le curé, il était en train de causer avec le chevalier.

— Moi, j'en reviens toujours là, disait celui-ci : « Que diable vous veut-on ? »

— Rien de bon, sans doute. Il y a là quelque tour de ces renards de jésuites, qui m'auront desservi à l'évêché.

Le lendemain matin, le curé, ayant emprunté la jument du chevalier, et ses houseaux[1], montait à cheval et partait pour Périgueux par les chemins de traverse, en passant par Saint-Geyrac.

Lorsque le curé revint le surlendemain, je connus à sa figure que quelque chose n'allait pas bien. Lui ayant demandé s'il avait fait bon voyage, il me répondit :

— Oui, Jacquou, quant à ce qui est du voyage lui-même.

Je n'osai en demander davantage, et j'emmenai la jument à l'écurie.

Aussitôt qu'il sut le retour du curé, le chevalier vint au presbytère savoir ce qu'il en était et, le soir, il raconta tout à sa sœur. Le curé avait, lors de la

1. Jambières protectrices.

Révolution, prêté serment à la constitution civile[1] du clergé, et voici que, trente ans après, on s'avisait de le chicaner là-dessus ; oui ! et on lui demandait une rétractation publique de son serment.

Lui, avait répondu à l'évêque qu'il avait autrefois prêté ce serment, parce qu'il n'intéressait point les dogmes de l'Église ; que sa conscience ne lui reprochait rien à cet égard, et qu'il n'était point disposé à une rétractation, ni publique, ni secrète.

Là-dessus, l'évêque, de son air de grand seigneur ecclésiastique, l'avait congédié en l'invitant à réfléchir mûrement avant que de s'engager dans une lutte où il serait brisé comme verre.

— Les *ultras* du clergé, c'est-à-dire les jésuites et leur séquelle, perdront la religion, comme les *ultras* royalistes perdront la royauté ! ajouta en manière de conclusion le chevalier.

— Et que va faire le curé ? demanda la demoiselle Hermine.

— Rien ; il dit qu'il les attend.

Pourtant, s'il avait su tout ce que ces misérables disaient de lui et de la demoiselle Hermine, comme je l'appris en revenant de la fête d'Auriac, peut-être n'aurait-il pas eu tant de patience.

Car j'y allai, à cette dévotion de la Saint-Rémy :

1. Loi du 24 août 1790 qui exigeait des membres du clergé (salariés par l'État) un serment à la constitution.

je n'eus garde de faillir à l'assignation, comme on pense.

Le lendemain, ayant déjeuné de bonne heure, la demoiselle Hermine me dit :

— Te voilà dix sols pour faire le garçon.

Je la remerciai bien et je m'en fus tout joyeux. Un quart d'heure avant d'arriver aux Quatre-Bornes, je pris un raccourci et je m'en fus passer au village de Lécheyrie, puis le long des murs du jardin du château de Beaupuy, d'où je finis de descendre dans le vallon de La Laurence, où se trouve la chapelle de Saint-Rémy, à un petit quart de lieue au-dessus d'Auriac.

Lorsque j'eus dépassé le moulin de Beaupuy, et que je fus sur la petite hauteur qui domine le vallon, je m'arrêtai, tâchant de reconnaître la Lina dans cette foule de monde qui était autour de la chapelle, mais je ne le pus. Me remettant alors en marche, je finis d'arriver à la chapelle et je commençai de chercher dans tout ce peuple. « Sa mâtine[1] de mère, me pensai-je, l'aura peut-être empêchée de venir !... » Tandis que j'étais là assez ennuyé à cette idée, voici montant du bourg, dans le chemin bordé de haies épaisses, la procession du pèlerinage. Comme je

1. Féminin de mâtin : chien de garde et, par extension, personne brutale et grossière.

regardais si Lina n'était pas dans les rangs, j'ouïs dire derrière moi :

— Eh bien, il pense joliment à toi !

Je me retournai coup sec, et je vis Lina avec une autre fille :

— Ha ! te voilà donc ! Et comment ça va-t-il, vous autres ? Il y a un gros moment que je vous cherche ; où étiez-vous donc ?

— Nous ne faisons que d'arriver.

— Aussi je me disais : « Si elle était là, je l'aurais vue, pour sûr ! »

Et voilà que nous nous mettons à babiller tous trois ; non pas de choses bien curieuses, peut-être, mais il suffit que ce soit avec celle qu'on aime pour y prendre plaisir. Pendant que nous étions à caqueter, la procession arriva. En tête, comme de bon juste, le marguillier portant la croix, petit homme brun qui avait l'air pas mal farceur, et se réjouissait d'avance, ça se voyait dans ses yeux pétillants, de ce que cette journée allait lui rapporter. Ensuite, sur deux files, les pèlerins les plus dévots, qui sortaient d'ouïr une messe à la paroisse, et venaient encore à celle de Saint-Rémy bien plus estimée ce jour-là.

Derrière les deux longues files de pèlerins, venaient les curés, chantant des litanies ; les uns en surplis à ailes, les autres en ornements brodés à fleurs ; et puis, le dernier, le curé de la paroisse, en chasuble dorée, portait le calice recouvert.

Après eux, nous entrâmes dans la chapelle, qui était bondée quoiqu'elle soit assez grande. Sur une petite table recouverte d'une sorte de nappe, par côté du chœur, était une statue de saint Rémy en bois, qui avait l'air d'avoir été faite par le sabotier d'Auriac, tant elle était mal taillée.

Je la fis voir à Lina en lui disant à l'oreille :

— J'en ferais bien autant avec une serpe !

— Écoute la messe, fit-elle en souriant.

C'était le curé d'Auriac qui la disait, qui la chantait plutôt, vieux homme gris pommelé, de bonne mine et encore vert. Il était servi par deux enfants de chœur et, de plus, assisté de deux autres curés en costume, qui lui faisaient de grandes révérences, mains jointes, qui embrassaient les objets avant de les lui donner, lui soulevaient sa chasuble lorsqu'il s'agenouillait, enfin faisaient un tas de cérémonies de ce genre. Moi qui n'avais jamais vu que la messe du curé Bonal, qui officiait plus simplement, je trouvais tout ça bien étrange. Il y eut beaucoup de femmes qui communièrent, de sorte qu'avec toutes ces cérémonies la messe dura longtemps ; mais enfin elle s'acheva et je n'en fus pas fâché.

— Sortons, dis-je à Lina et à son amie, après avoir longtemps regardé faire les gens.

Et, une fois dehors, je respirai fortement, content d'être en plein air. Nous nous promenâmes assez longtemps dans le bourg et sur la place où l'on dansait à l'ombre des gros ormeaux. Je dansai une contredanse et une bourrée avec Lina, autant avec la Bertille, et nous revoilà sur le chemin tous les trois ; Lina et moi nous tenant par le petit doigt, comme c'est la coutume des amoureux, en remontant vers la chapelle où j'entrai seul. Les offices étaient finis, on avait donné la bénédiction, et les curés s'en allaient.

Lorsque je sortis, je trouvai les deux drôles qui revenaient de se promener un peu toutes seules, et il fut question de partir. Bien entendu, je voulus leur faire un bout de conduite, car c'est à peine si, dans cette foule, j'avais pu parler tranquillement à Lina.

Nous nous en fûmes donc tous les trois, suivant d'abord le grand chemin d'Angoulême à Sarlat, qui passe dans la combe[1], le long des prés de Beaupuy, pour monter ensuite à la Bouyérie et aux Quatre-Bornes. Je tenais Lina par la taille et par une main, marchant tout doucement et lui parlant de choses et d'autres : combien j'étais content de cette journée, tout le plaisir que j'avais eu à la passer avec elle, et aussi comment nous pourrions faire pour nous revoir. Bertille côtoyait Lina, mais, de temps en

1. Vallée profonde.

temps, la bonne fille faisait semblant de ramasser quelque fleurette sur le bord du chemin, et restait un peu en arrière pour mieux nous laisser causer. Lorsque nous fûmes aux Quatre-Bornes, j'aurais dû les quitter, mais je dis à Lina :

— Je vais aller avec vous autres un peu plus loin.

Et nous voilà suivant le chemin tracé par les charrettes à travers les grands bois châtaigniers. Nous étions si occupés à parler, Lina et moi, que nous fûmes près de l'Orlégie sans nous en être aperçus. Mais la Bertille, qui, elle, était dépareillée[1], me dit alors :

— Vous ferez bien de nous laisser là ; il vaut mieux qu'on ne nous voie pas ensemble dans le village.

Ça m'ennuyait bien, mais, comme je sentais que c'était raisonnable, de crainte de faire avoir des reproches à Lina, je les laissai après les avoir embrassées toutes deux, Bertille la première, et ma bonne amie si longuement que l'autre me dit en riant :

— Vous voulez donc la manger !

Je lâchai Lina sur ces paroles, et elles s'en furent. Pour moi, appuyant sur la gauche, j'allai descendre dans la combe qui vient de dessous Bars, et je suivis le ruisseau de Thonac, qui n'est guère qu'un fossé jus-

1. Qui ne fait la paire avec personne, c'est-à-dire qui n'a pas de compagnon, de petit ami.

qu'au moulin de La Grandie. Et, montant dans le coteau rocheux à travers les taillis de chênes clairsemés, je fus bientôt à Fanlac.

Quelques jours après, arriva une autre lettre cachetée de cire violette comme la première. L'ayant lue, le curé, qui était maître de lui, ne broncha pas ; il replia la lettre et s'en fut se promener dans le jardin, tout pensif, et, une heure après, alla trouver le chevalier.

Lui, ne prit pas la chose aussi patiemment que le curé, et il s'écria, aussitôt qu'il sut de quoi il s'agissait, que c'était une infamie, et une ânerie par-dessus le marché ; qu'il fallait que l'évêque eût perdu la tête pour faire une chose pareille, ou qu'on l'eût trompé ; que quant à lui, il ne ficherait plus les pieds à la messe – dans sa colère, il lâcha le mot – puisque les tartufes faisaient forclore[1] de l'Église le meilleur curé du diocèse.

Le lendemain se trouvant un dimanche, le curé Bonal monta en chaire, pour la dernière fois. Lorsqu'il annonça à ses paroissiens que, d'après la décision de monseigneur l'évêque, il était interdit et ne dirait plus la messe, même ce présent dimanche, ni n'administrerait plus les sacrements, ce fut dans l'église bondée de monde une explosion de surprise

1. Puisque les hypocrites faisaient exclure.

qui se continua en une rumeur sourde que le curé fut un instant impuissant à dominer.

Ayant obtenu le silence, il exposa que c'était un devoir pour tous, paroissiens et curé, de se soumettre à l'autorité de l'évêque ; que, pour lui, quoique sa conscience ne lui reprochât rien, car il avait toujours agi, non dans un intérêt personnel, mais pour la paix de l'Église, il obéirait sans résistance et sans murmure. Mais il ajouta que cette obéissance lui coûtait beaucoup parce qu'il les aimait tous comme ses enfants, et qu'il avait espéré leur faire entendre longtemps la parole de Dieu, et finalement reposer dans le petit cimetière où il en avait tant conduit déjà. Il parla ainsi longuement, avec tant de cœur et de bonté que tout le monde en était ému et que les femmes, les yeux mouillés, se mouchaient avec bruit. Mais, ce moment d'émotion passé, la colère prit le dessus et, à la sortie de l'église, les gens s'assemblèrent et se dirent entre eux qu'il ne fallait pas laisser partir le curé. Tous, les uns et les autres, se montèrent la tête de manière que plusieurs des plus décidés s'en allèrent trouver le chevalier de Galibert, toujours coléré, quoique ce fût un bon homme. Lui, voyant comme ça tournait, monta sur les marches de la vieille croix, et commença à prêcher les gens. Il leur dit que la conduite de leur curé, sa patience, sa résignation dans cette circonstance prouvaient combien il était digne de leur affection et de leur respect.

— Il faut donc que toute la paroisse adresse une pétition à l'évêque pour lui demander le maintien de notre curé.

Le surlendemain, le chevalier en emporta une copie superbement moulée, et s'en fut à Périgueux la remettre à l'évêque.

Celui-ci, à ce que connut M. de Galibert, comprit un peu plus tard qu'on lui avait fait faire une bêtise ; mais, comme les gens en place ne reconnaissent pas facilement qu'ils se sont trompés, les évêques moins que les autres, monseigneur persista dans sa décision, ; malgré tout ce que put lui dire le chevalier, qui plaida chaleureusement la cause de son ami.

La veille de son retour, le curé, qui connaissait bien les gros bonnets du clergé, et savait que la démarche du chevalier serait inutile, m'avait envoyé à La Granval parler au Rey pour venir faire des arrangements. Le Rey vint trois ou quatre jours après, et, comme il n'avait plus qu'une année de ferme à courir, il consentit à résilier le bail, et à se retirer dans le bien qu'il avait à La Boissonnerie, moyennant une petite indemnité. Tout bien convenu, il s'en retourna, et le curé commença à penser à déloger, parce que le refus de l'évêque, bientôt connu de toute la paroisse, échauffait les têtes ; et il ne voulait pas être l'occasion de quelque désordre.

Il fut entendu entre le chevalier et lui que je le suivrais à La Granval, comme je le lui avais demandé. Aussi, quelque peine que j'eusse de le voir dans cette passe, je fus un peu consolé par l'idée de le suivre et de lui être utile.

Le lendemain, le curé Bonal suivit toutes les maisons de la commune pour faire ses adieux à chacun, entrant dans les terres pour parler aux gens qui étaient au travail, et n'oubliant personne, riches ou pauvres. Le soir, il rentra fatigué, regarda tristement le presbytère vide, et s'en fut souper et coucher chez le chevalier.

Le lendemain, après le déjeuner, le curé Bonal prit son bâton et, accompagné de ses hôtes, s'achemina vers La Granval. Tous trois marchaient lentement comme pour retarder le moment de la séparation, échangeant de temps en temps quelques paroles. Arrivés à la cafourche où une croix de pierre est plantée depuis les temps anciens, le curé s'arrêta et ils se firent leurs derniers adieux. Le chevalier, moins résigné que ses compagnons, récriminait contre la décision de l'évêque, cependant que la demoiselle Hermine, ayant tiré son mouchoir, s'essuyait les yeux, et que le curé regardait la terre en tapant de petits coups de son bâton.

— Mes amis, dit-il en relevant la tête, nous ne serions pas de bons chrétiens si nous ne savions pas supporter l'injustice. Ce saint emblème, ajouta-t-il en montrant la croix, nous enseigne la résignation : que la volonté de Dieu soit faite !

Et, s'étant fraternellement embrassés, le curé commença à descendre la combe raide. Les pierres du chemin roulaient sous ses pieds et il s'appuyait sur son bâton pour se retenir. Peu à peu sa haute taille diminuait dans le lointain et enfin il disparut dans les fonds boisés. Alors le chevalier et sa sœur, qui l'avaient suivi des yeux, rentrèrent tristement chez eux.

Sur les cinq heures du soir, le curé arriva à La Granval, où, aidé de la Fantille, j'avais mis tout à peu près en ordre. L'ancienne maison était grande assez ; il y avait une vaste cuisine, une belle chambre où l'on aurait pu mettre quatre lits, et deux petites. Le curé jeta un coup d'œil sur l'installation, et sembla retrouver sous le vieux toit de la famille les souvenirs de son enfance, car il resta longtemps pensif devant le feu.

Après souper, nous parlâmes de la manière qu'il convenait de gouverner le domaine, et je fis connaître au curé mes idées là-dessus. Je l'assurai que j'étais capable de faire le travail tout seul, et bien ; mais il me répliqua qu'il n'entendait pas rester oisif, et que, nonobstant ses soixante ans passés, il était robuste et comptait m'aider. Sur les huit heures, je fus donner aux bœufs, car le Rey avait laissé le cheptel, comme c'est la coutume, en ayant pris en entrant ; après quoi, chacun alla se coucher.

Je pensai longtemps avant de m'endormir, à la manière de conduire les affaires la plus profitable pour la maison. Je comprenais qu'il fallait charrier droit et travailler ferme, car la propriété n'était pas grande, valant une douzaine de mille francs au plus, et le pays, juste au beau milieu de la forêt, n'était pas des meilleurs. Mais le courage ne me manquait pas, et je me sentais tout fier et heureux d'être utile au curé et de lui témoigner ma reconnaissance. Puis, il faut que je le dise, quoique je fusse bien marri de ce qui lui arrivait, le plaisir de me sentir plus près de Lina me donnait du cœur. Certes, si la chose eût dépendu de moi, je serais retourné à la cure de Fanlac avec lui, très content de le voir heureux. Mais comme cela ne se pouvait, je me consolais en pensant au voisinage de ma bonne amie. L'homme a un fond égoïste ; tout ce qu'il peut faire, c'est de se vaincre lorsque le devoir le commande.

6

Cependant, nous autres étions bien tranquilles à La Granval. Cette vie étroitement attachée à la terre me convenait ; j'aimais à pousser mes bons bœufs limousins dans le champ que déchirait l'araire, enfonçant mes sabots dans la terre fraîche, et suivi de toutes nos poules qui venaient manger les vers dans la glèbe retournée. Les travaux pénibles de la saison estivale même me riaient, comme les fauchaisons et les métives[1]. Le soir, dans le temps des moissons, lorsque, après avoir chargé la dernière gerbe sur la charrette, je voyais tout ce blé qui devait faire un bon pain bis et savoureux, j'avais comme un petit

1. Moissons.

mouvement de fierté, en songeant que c'était moi qui avais fait tout cela, ou quasiment tout.

Avec ça, Jean le charbonnier, devenu trop vieux pour passer les nuits à surveiller les fourneaux dans les bois, s'était retiré dans sa maison des Maurezies après avoir gagné quelques sous, et il venait nous voir quelquefois. C'était un brave homme, serviable, comme il l'avait montré dans l'affaire de mon père, et qui depuis cette époque s'était intéressé à moi. Il me donnait des conseils pour l'exploitation du bien, ce qui n'était pas de refus, car quoique je susse bien faire tous les travaux que requiert un domaine, je n'avais pas d'expérience assez pour les diriger sûrement en toute occasion, et ce brave homme me fut d'un bon secours pour cette raison.

On pense bien que, dans tous ces changements, je n'avais pas oublié Lina. Le second dimanche après notre venue à La Granval, je m'en fus à la messe à Bars. Le curé en était à l'évangile lorsque j'arrivai et je restai au fond de l'église, jetant mes regards partout pour voir ma bonne amie. En cherchant curieusement, je finis par l'apercevoir au droit de la chaire à prêcher, mais elle n'était pas seule, sa mère était avec elle. À la sortie, je me plantai devant le portail et j'attendis. Les gens se répandaient sur la place, faisant de petits groupes et se mettant après le portage et les compliments, à deviser : les hommes, du temps, de l'apparence des récoltes, du prix des bestiaux au dernier marché de Thenon ; les femmes, de leur lessive, de la réussite de leur chaponnage[1], et les filles de leurs galants.

Tout d'un coup Lina, sortant, me vit et fit un mouvement : mais sa mère ne me reconnut point, ce qui n'était pas étonnant, ne m'ayant plus vu depuis que je gardais les oies avec sa fille. Elles s'arrêtèrent pour causer, comme les autres, la mère avec une autre femme, et Lina avec la Bertille, qui, à un moment donné, se tourna pour me regarder, ce qui me fit connaître qu'il était question de moi. Un moment après, sans avoir l'air de rien, la Bertille s'en vint de mon côté et, en passant près de moi qui me promenais, faisant le badaud en regardant le coq du clocher, elle me dit à mi-voix :

— Aux vêpres, sa mère n'y sera pas.

— Bien !

Et je m'en fus voir jouer aux quilles, coulant mon regard vers Lina de temps en temps.

Vers trois heures, au sortir de vêpres, les deux drôles restèrent un bon moment à causer, pour laisser aller devant les gens de leur renvers ; puis elles s'en furent doucement, et moi, peu après, faisant un détour par un autre chemin, je les rattrapai.

Et ce furent des rires, des serrements de main, des

---

1. Opération consistant à châtrer un jeune coq afin de le faire engraisser.

amitonnements à n'en plus finir. Puis, comme elles étaient pressées de savoir comment je me trouvais là, il fallut leur raconter tout ce qui était arrivé au curé Bonal, et leur expliquer que nous étions venus demeurer dans son bien à La Granval. Elles n'en revenaient pas qu'un curé pût n'être plus curé et posât sa soutane. Quant à leur faire entendre que c'était parce qu'il avait prêté serment à l'époque de la Révolution, et ce qu'était ce serment, ça n'était pas facile, et je leur dis en gros que c'étaient d'autres curés appelés jésuites, grands ennemis des anciens curés patriotes, qui l'avaient fait casser.

Et nous marchions lentement tous trois en devisant, dans le chemin pierreux bordé de mauvaises haies où s'entremêlaient les buissons et les ronces ; moi, au milieu d'elles, les tenant par-dessous le bras, et, pour dire la vérité, serrant un peu plus fort du côté de Lina. Le temps ne nous durait pas, de manière que nous fûmes près de Puypautier sans nous en donner garde ; mais la Bertille, toujours avisée, nous en avertit, et il fallut se quitter après bien des adieux, des embrassements et des regards amoureux.

Cela dura quelque temps ainsi, sans point de destourbier[1]. Toutes les fois que je le pouvais, j'allais à Bars le dimanche et je faisais la conduite aux deux

1. Difficulté.

filles. La pauvre Bertille, elle, était dépareillée comme je l'ai dit, son bon ami étant au régiment ; mais elle prenait patience, de même que les dames de Périgueux lorsque la garnison est en campagne. Comme elle ne nous quittait jamais, on ne pouvait pas dire de mal de nos rencontres. Mais il y a des mauvaises langues partout, même à Bars. Quelqu'un s'étant aperçu de notre manège le dit à la mère de Lina, en sorte qu'un dimanche, à la sortie de la messe, je m'avisai qu'elle me regardait fort. Pourtant, elle ne se fâcha pas pour lors après sa fille ; elle lui demanda seulement qui j'étais, où je demeurais et ce que je faisais.

Lina ayant tout raconté sans détour, sa mère lui dit qu'elle ne trouvait pas mauvais que je lui parle, en ce qu'elle entendait que ce fût toujours honnêtement. Et là-dessus, elle ajouta qu'il leur faudrait bien chez eux un domestique grand et fort comme j'étais, pour faire valoir leur bien, maintenant que Géral se faisait vieux.

Chez nous, tout allait bien. Presque tous les dimanches, Jean venait passer la journée à La Granval et tenir compagnie à Bonal. Ça le distrayait un peu, car Jean, étant ancien, lui rappelait des choses du temps de sa jeunesse, et à un mot, à un nom quelquefois, des faits oubliés depuis longtemps se réveillaient dans sa mémoire. Ces jours-là, Jean restait à souper, et le soir, à table, Bonal nous entretenait de choses et d'autres, et nous intéressait par des récits curieux, et des remarques que jamais nous n'aurions songé à faire de nous-mêmes.

Ainsi se passaient honnêtement les moments de loisir à La Granval, lorsque Bonal commença à s'habituer à sa nouvelle vie.

Dans les premiers temps, la tristesse le tenait fort, et il ne parlait guère ; mais peu à peu sa peine s'amortit et, en le mettant tout doucement sur le sujet, il se laissait aller à nous entretenir principalement des choses du passé. Et puis il était si bon que, pour nous obliger, il aurait fait tout de même, quoique n'en ayant pas grande envie. Moi, voyant comme ça tournait passablement, je travaillais sans souci, content d'être plus près de Lina, sans penser que je m'étais aussi rapproché du comte de Nansac, ou plutôt sans être inquiet de ce rapprochement.

Un soir d'hiver, je revenais de couper de la bruyère pour faire la paillade à nos bestiaux. Le jour commençait à baisser et, dans les bois qui bordaient le chemin que je suivais, l'ombre descendait lentement. Je cheminais sans bruit, ma pioche sur l'épaule, pensant à ma Lina, lorsque, tout d'un coup presque, je viens à entendre derrière moi le pas pressé d'un cheval.

L'idée me vint aussitôt que c'était le comte de

Nansac, mais je continuai de marcher sans me retourner. Je ne m'étais pas trompé ; arrivé à quelques toises de moi il me cria insolemment :

— Holà ! maraud, te rangeras-tu !

Le sang me monta à la tête comme par un coup de pompe, mais je fis semblant de n'avoir pas ouï ; seulement, lorsque je sentis sur mon cou le souffle des naseaux du cheval, je me retournai tout d'un coup et, attrapant la bride de la main gauche, de l'autre je levai ma pioche :

— Est-ce donc que tu veux écraser le fils après avoir fait crever le père aux galères ? dis, mauvais Crozat !

De ma vie, je n'ai vu un homme aussi étonné. D'habitude, les paysans se hâtaient de se garer de lui lorsqu'il passait, de crainte d'être jetés à terre ou, pour le moins, d'attraper quelque coup de fouet : aussi était-il tout abasourdi. Mais ce qui l'estomaquait le plus, c'était ce nom de Crozat, si soigneusement caché, ce nom de son grand-père le maltôtier véreux, que le fils du *Croquant* lui jetait à la face en lui rendant son tutoiement insolent.

Il mit son fouet dans sa botte et tira son couteau de chasse.

Le cheval, une bête nerveuse, grattait la terre et secouait la tête.

— Lâche la bride de mon cheval, méchant goujat !

La colère me secouait :

— Pas avant de t'avoir craché encore une fois à la figure, misérable, le nom de ton grand-père, Crozat le voleur !

Et lâchant la bride du cheval qui se cabrait, je fis un saut en arrière et je me trouvai dans le taillis, tenant toujours ma pioche levée.

Il resta là un moment, pâle de rage froide, les yeux venimeux, rinçant les lèvres et cherchant à foncer sur moi. Mais le cheval, quoique rudement éperonné, à la vue de la pioche levée reculait effrayé. Alors, voyant qu'il ne pouvait m'aborder de face, et que le bois épais me défendait, le comte rengaina son couteau de chasse, et s'en alla en me jetant ces mots :

— Tu paieras cela cher, vermine !

— Je me fous de toi, Crozat !

Encore ce nom qui l'affolait : il piqua son cheval et disparut.

Lorsque je racontai la chose à la maison, Bonal en fut fort ennuyé, prévoyant bien que cet homme si orgueilleux, si méchant, chercherait à se venger cruellement du pauvre paysan qui l'avait fait bouquer[1].

— Il faut te tenir sur tes gardes, me dit-il, ne pas

1. Contraindre un animal à sortir de son terrier.

t'aventurer du côté de l'Herm, et surtout ne pas passer sur ses terres, ni dans ses bois.

Suivant ces conseils, et aussi mon idée, de là en après, je pris quelques précautions, lorsque j'allais dans les parages où je risquais de rencontrer le comte de Nansac. J'emportais un bon billou, qui est autant à dire comme une bonne trique, ou bien un vieux fusil à pierre qui venait de l'aïeul de Bonal, mais dont lui ne s'était jamais servi, n'ayant de sa vie, ainsi qu'il disait, tué aucune créature vivante. Ainsi précautionné, je fus six ou huit mois sans revoir le comte, si ce n'est une fois au loin. De temps à autre, j'apercevais bien Mascret ou l'autre garde qui avaient l'air de m'épier à distance, mais de ceux-là je ne me souciais guère, et puis j'avais autre chose en tête qui me distrayait d'eux.

Lorsqu'on est amoureux, toutes les idées se tournent du côté de la bonne amie, et les pas font comme les idées : aussi je ne perdais aucune occasion de voir Lina. Sa mère essayait toujours de m'amadouer, et pour ce faire elle s'attifait tant mieux qu'elle pouvait, et n'en était que plus laide, ce dont je riais en moi-même, pensant au dicton du chevalier :

À vieille mule, frein doré.

Lorsque je me trouvais seul avec Lina, je lui contais tout ce que faisait sa mère pour m'attirer chez eux, sans lui expliquer, ça se comprend, le pourquoi de tant d'amitiés. Et lors, la pauvre drôle me disait :

— Vois-tu, Jacquou, je t'aime bien, et tu penses si je serais contente que tu demeures avec nous autres, en attendant que nous nous mariions ; mais si tu faisais une chose comme ça, si tu abandonnais un homme comme le curé Bonal qui t'a sauvé de la misère, qui t'a appris tout ce que tu sais, jamais plus je ne te parlerais.

— Sois tranquille, ma Lina, je me couperais un doigt plutôt que de faire une telle coquinerie.

Et pourtant, combien j'aurais été heureux de vivre à ses côtés et de travailler pour elle ! Toujours avec ses mêmes intentions, la Mathive me demandait, des fois, pour leur aider à faire les foins, ou à fouir[1] les vignes, ou pour quelque autre travail pressé. Et moi, content tout de même de leur rendre service, et surtout joyeux d'être près de Lina, j'y allais, avec le congé de Bonal. Et lorsque j'étais venu faire des labours d'hiver, le soir, à la veillée, j'aidais à peler les châtaignes, et je m'en allais tard, car jamais la Lina n'aurait mis les tisons debout dans la

---

1. Creuser la terre autour des vignes.

cheminée, comme font les filles qui veulent congédier leur galant.

Mais les choses ne marchent pas à la fantaisie des hommes ; ça irait trop bien, ou peut-être, des fois, plus mal. Pendant longtemps, la Mathive m'entretint de ses desseins et me fit reluire des espérances qui me réjouissaient le cœur, quoique je visse bien qu'elle n'était pas franche en me parlant de Lina : tant nous sommes aisés à nous laisser piper en pareille affaire ! Elle ne tarda pas d'ailleurs à changer de langage. Un dimanche, c'était le jour de la Chandeleur, comme j'étais sur la place, devant l'église de Bars, attendant à l'accoutumée la sortie de la messe, la vieille m'aborda et, me tirant à part, sans plus me lanterner, me dit que, sur mon refus plusieurs fois répété, elle avait loué un domestique, et que, par ainsi, je devais comprendre que les projets qu'elle m'avait fait entrevoir ne pouvaient plus tenir ; elle le regrettait fort, ses préférences ayant toujours été pour moi.

— À cette heure, conclut-elle, il n'est plus à propos que tu parles à Lina.

Oyant ça, je restai tout ébahi, la regardant fixement, comme si je n'avais pas compris. Pourtant, bientôt je me repris et je lui dis que, s'il ne m'était plus permis de parler à sa fille, personne au monde ne pouvait m'empêcher de l'aimer, tant que j'aurais vie au corps.

— Pour ça, me dit-elle, je n'y peux rien ; mais je ne veux plus que tu fréquentes à la maison, ni que tu la voies dehors.

Ayant ainsi prononcé, la Mathive s'en alla rejoindre sa fille qui me regardait tristement de loin, et moi, j'en fus tout déferré[1].

Ce domestique qu'elle avait loué était un garçon de La Séguinie, qui avait travaillé chez eux comme journalier et qui lui avait convenu. C'était un fort ribaud qui avait les épaules larges, le corps trapu, la figure bête, et avec ça voulait faire le faraud. Pour le reste, c'était une brute incapable de bons sentiments et, à part son intérêt, ne voyant que les choses qui lui crevaient les yeux. Aussitôt qu'il s'aperçut que la Mathive le voyait d'un bon œil, et ça fut d'abord, il se mit à trancher du maître, et se donna des airs de commander. Il fut bientôt nippé comme un coqueplumet[2] de village, avec de bonnes chemises de toile demi-fine, une cravate de soie, un chapeau gris, une belle blouse et des bottes. Il n'était pas depuis un mois à Puypautier, qu'il connaissait le sac aux louis d'or de la Mathive et les lui faisait danser très bien. Tous les voisins connurent bientôt

1. Surpris, décontenancé (comme un cheval qui a perdu ses fers).
2. Jeune homme faisant le beau au milieu des femmes, comme le coq au milieu des poules.

ce qu'il en était ; pourtant, d'après les conseils de la vieille, il faisait semblant de parler à Lina, pour cacher son jeu, mais il était trop bête pour tromper qui que ce fût.

Encore qu'il fût bête, ce garçon, qui s'appelait Guilhem, comprit, au bout de quelque temps, qu'avec la vieille il pourrait avoir beaucoup de choses, lui soutirer des louis d'or, un à un, pour aller s'ivrogner le dimanche à Bars, le mardi à Thenon, et puis riboter[1] aux balades des paroisses de par-là, mais pour ce qui était du bien, qui appartenait tout à Géral, il reviendrait à la Lina, puisque le vieux l'avait reconnue en se mariant avec la Mathive. Et c'était ce bien qui lui faisait surtout envie, à ce galapian[2], parce qu'il se disait que, Géral venant à mourir, ce qui fut peu après, Lina resterait maîtresse de tout, et alors, adieu les bombances ! Il lui faudrait filer. Aussi faisait-il l'empressé près d'elle, devant les gens surtout, et disait à la vieille, piquée de jalousie, quoique elle-même lui eût conseillé de jouer ce jeu, que c'était un semblant pour empêcher le monde de babiller. La Mathive enrageait d'être obligée de supporter ça et passait sa colère sur sa fille, ne décessant de crier après elle et, des fois, lui donnant quelque baffe.

---

1. Se livrer à la débauche ; les balades désignent les fêtes patronales où l'on dansait.
2. Galapiat, vaurien.

Au bout de quelque temps, cherchant toujours à en venir à ses fins, Guilhem disait à la Mathive que le seul moyen de faire poser la langue aux gens, c'était de le faire marier avec Lina. Mais la vieille n'entendait pas ça et se récriait haut. Elle supportait bien à toute force que son goujat fît la mine de courtiser sa fille ; quant à les marier ensemble, c'était une autre affaire. La gueuse se doutait qu'une fois marié avec Lina, Guilhem la laisserait là, et elle refusait fort et ferme. Alors lui, coléré, la rebutait grossièrement et, plus elle lui faisait bien, plus elle le mignardait pour l'apaiser, plus il la rabrouait durement. La pauvre Lina recevait le contrecoup de tout ça, car sa mère l'avait prise en haine, de manière qu'elle en vint jusqu'à la battre. Moi, qui savais ce qui en était, soit par elle, soit par Bertille, je m'ennuyais grandement de la savoir malheureuse comme ça et je m'en tourmentais au point de n'en pas dormir, des fois toute une nuit. Il me venait souvent à l'idée de corriger ce Guilhem, et les mains me démangeaient ; mais Lina me suppliait de n'en rien faire et, moi, je ne bougeais pas, de crainte de la rendre plus malheureuse encore.

Pourtant, un jour, n'y tenant plus, je le jointai dans un coin, à Thenon, et je lui signifiai que, pour ce qui était de la Mathive et de ses louis d'or, il pouvait en disposer à son plaisir, cela je m'en moquais ;

que, quant à Lina, je lui défendais de s'occuper d'elle en rien.

— Fais attention, continuai-je, que si tu as le malheur de lui faire soit des misères, soit des amitiés, j'aurai ta peau !

Il était pour le moins aussi fort que moi ; seulement il était lâche, et il me jura ses grands diables qu'il ne lui avait jamais tenu de propos reprochables, ni en bien ni en mal. Tout ce qu'il avait fait, c'était d'empêcher sa mère de la tracasser.

— Tu peux le lui demander, à la Lina ; elle-même te le dira.

— Te voilà toujours prévenu ! lui dis-je en m'en allant, dégoûté de sa couardise et de sa fausseté.

Sur ces entrefaites, il nous arriva un grand malheur à La Granval. Un matin, comme il sortait de la maison pour aller ramasser des marrons, Bonal tomba raide d'une attaque. L'ayant porté sur son lit, je lui fis respirer du vinaigre, tandis que la Fantille lui soulevait la tête ; mais il mourut au bout de quelques minutes sans avoir repris connaissance.

Le vieux Jean étant survenu à ce moment, après les premières complaintes je le priai de s'en retourner aux Maurezies et de dépêcher un de ses voisins à Fanlac, prévenir M. le chevalier de Galibert. Moi, je m'en fus faire la déclaration chez le maire et en même temps commander la caisse.

Quand je revins, Jean était déjà là, et tous trois avec la Fantille, nous restâmes à veiller le mort.

Sur les sept heures du soir, nous ouïmes les pas d'un cheval dans la cour, et j'y fus avec Jean : c'était le chevalier. Tandis que Jean menait la jument à l'étable, je le conduisis à la chambre mortuaire, et lui pris son manteau.

— Pauvre ami ! dit-il en approchant du lit.

Et se penchant, il embrassa pieusement le front glacé du mort. S'étant relevé, il me demanda comment c'était arrivé et, après que je lui eus narré ce malheur, il s'assit sur la chaise que la Fantille lui avait avancée, et nous restâmes tous quatre muets et songeurs.

Ainsi s'écoula cette longue nuit. Ne pouvant rester aussi longtemps assis, je me levais et j'allais dans la cour me remuer les jambes et, tandis que le vent me fouettait la figure, je regardais passer, au ciel mantelé de gris, de gros nuages noirs qui s'enfonçaient dans la nuit.

Lorsque la pointe du jour parut à travers les vitres, faisant pâlir la flamme du cierge qui nous éclairait, le chevalier me demanda si j'avais fait le nécessaire pour l'enterrement. Je lui répondis que, hormis la déclaration au maire et la caisse qui était commandée, je n'avais rien voulu faire, attendant son avis. Et alors, je lui expliquai que Bonal nous avait dit souvent qu'il voulait être enterré au bout de l'allée, sous ce gros marronnier qui avait été planté le jour de la naissance de son père, et qu'il serait bien à propos de suivre ses désirs, d'autant plus que, si on le portait au cimetière, le curé, par haine, le ferait mettre dans le triste coin foisonnant d'orties et de ronces, réservé pour ceux qui se détruisaient[1].

Le chevalier pensa un instant, puis me dit :

— Qu'il soit fait selon la volonté de notre pauvre défunt. Je connais le maire, il n'est pas homme à s'inquiéter d'un petit accroc à la loi que peut-être même il ignore ; d'ailleurs, s'il y a ensuite quelque difficulté, je tâcherai d'arranger cela.

Ayant ouï ces paroles, je sortis et, prenant une pioche et une pelle, je m'en allai par l'allée. La pluie avait cessé ; le temps était frais, et dans la petite combe au-dessous de La Granval, flottait au-dessus des prés pleins de flaques d'eau blanchâtre une buée légère venant de la fontaine. Arrivé au pied du gros marronnier, je commençai à creuser tristement la fosse en pensant que c'était le dernier service que je rendais au défunt à qui je devais tant.

Sur les dix heures, ayant achevé, je revins à la maison et, au moment où j'ouvrais la barrière de la cour,

1. Ceux qui se suicidaient, geste interdit par l'Église, n'étaient pas enterrés en terre chrétienne.

je vis venir la demoiselle Hermine, sur sa bourrique touchée par Cariol. En entrant dans la chambre mortuaire, elle prit le rameau de buis, jeta de l'eau bénite sur le corps, et puis s'agenouilla tout contre le lit, la tête penchée, et pria longuement. Lorsqu'elle se releva, elle essuya ses yeux et, regardant le mort, elle dit :

— À cette heure, ses peines sont finies !

Sur le midi, la Fantille, qui avait mis une poule au pot, fit prendre un peu de bouillon à la demoiselle Hermine qui ne voulut rien de plus ; mais le chevalier mangea un peu de soupe et but un verre de vin.

Vers deux heures, le juge de paix vint avec son greffier poser les scellés. Il nous laissa prendre des draps dans la lingère pour ensevelir le défunt, et puis ferma tout, les cabinets, les tiroirs et les placards. Ayant fait, il s'entretint un moment avec le chevalier en se promenant autour de la maison, et puis s'en retourna.

Le menuisier n'arrivant pas, je m'en fus au-devant et, peu après, je l'aperçus au loin, marchant derrière son bardot[1] qui portait la caisse en travers attachée, lui se tenant paresseusement au bacul[2]. Arrivé à la maison, je posai la caisse dans la chambre et, étant entré dans la ruelle du lit, le chevalier étant de

1. Petit mulet résultant de l'accouplement d'un cheval et d'une ânesse.
2. Lanière de cuir fixée au chargement du mulet.

l'autre côté, nous passâmes un drap sous le corps en commençant par la tête, et puis tous quatre, avec Cariol et Jean, nous l'enlevâmes du lit pour le coucher dans le cercueil où la demoiselle Hermine avait placé un oreiller. Puis, ayant dit notre dernier adieu au pauvre ci-devant curé Bonal, le linceul fut rabattu sur lui ; après quoi, le menuisier ajusta le couvercle et se mit à le clouer. Ces coups de marteau, dans cette chambre où jusqu'à ce moment on n'avait parlé qu'à voix basse, comme de crainte de réveiller le mort, avaient quelque chose de brutal qui faisait peine à ouïr.

Cependant le jour tirait à sa fin : après avoir mis la caisse sur deux chaises, nous passâmes des serviettes tordues par-dessous et nous sortîmes de la maison. Il n'y avait pas un étranger, personne, à la réserve de deux vieilles mendiantes des environs, à qui Bonal portait de temps en temps quelque tourte de pain ou un morceau de lard pour leur soupe.

Tandis que nous autres, portant le cercueil, nous marchions dans l'allée d'un pas lourd et cadencé, ces deux vieilles, leur chapelet à la main, suivaient la demoiselle Hermine et la Fantille qui portait l'eau bénite. Comme nous étions près du fond de l'allée, le vent nous apporta le son lointain des cloches de Saint-Geyrac qui sonnaient l'*Ave Maria*. Il semblait que la voix de la religion, s'élevant au-dessus des misères de cette terre, bénissait le pauvre prêtre victime des haines de ses confrères. Lorsque nous fûmes arrivés au bord de la fosse, le cercueil fut posé sur les déblais, et nous attendîmes.

Alors M. de Galibert, debout, prenant un livre des mains de sa sœur, récita le *De Profundis*[1] et les prières pour les morts ; et tous, nous associant à son intention, nous adressions notre dernière pensée à l'homme honnête et bon qu'avait été Bonal. Les prières achevées, nous descendîmes le cercueil dans la fosse, et le chevalier, ayant dit un dernier adieu au mort, prit le buis et jeta quelques gouttes d'eau bénite dessus, puis une poignée de terre. Nous autres, après lui, nous en fîmes autant et, tandis que la terre tombait avec un bruit sourd sur la caisse, la demoiselle Hermine, à genoux, priait avec ferveur.

Après qu'aidé de Cariol j'eus comblé la fosse, tout le monde rentra à la maison. Puis le chevalier et sa sœur s'en retournèrent à Fanlac, précédés de Cariol qui portait un falot. Les deux vieilles, ayant reçu l'aumône accoutumée, regagnèrent leurs cabanes ; Jean s'en retourna chez lui, et nous restâmes seuls, la Fantille et moi.

Le lendemain matin, j'allai lever des glèbes[2] pour gazonner la tombe de Bonal et, tandis que la Fantille

1. « Des profondeurs », prière pour les morts (mots latins).
2. Mottes de terre.

faisait une croix avec du buis pour la poser dessus, je me remis au travail car, quoique la mort soit entrée dans une maison, les survivants sont bien obligés de reprendre le train habituel.

Lorsque le juge de paix revint lever les scellés, il était accompagné d'un quidam, demi-paysan, moitié monsieur, qui, à ce que nous dit le greffier, était un cousin troisième de Bonal. Cet homme me regardait d'un mauvais œil, et sa femme aussi, parce qu'ils avaient ouï dire que leur cousin m'avait donné tout son avoir. Moi, je n'en savais du tout rien et même je n'y avais jamais pensé, mais le chevalier, qui connaissait les intentions du défunt, l'avait laissé entendre au juge, lors de la pose des scellés, et ces choses restent difficilement tout à fait secrètes.

La lingère ouverte, dans le tiroir du milieu, dont la clef fut trouvée entre deux draps, le juge découvrit un papier qui était le testament et l'ayant ouvert, il lut :

« *Je donne et lègue à Jacques Ferral, dit Jacquou, tous mes biens meubles et immeubles sans exception à la charge de garder, nourrir et d'entretenir avec lui, comme sa propre mère, ma servante Fantille durant sa vie.*

« BONAL, ancien curé de Fanlac. »

Le cousin fit une exclamation de dépit, et sa femme, qui déjà s'approchait de la lingère pour voir s'il n'y avait pas d'argent, me jeta un regard furieux comme si elle allait me sauter à la figure.

— Malheureusement pour Jacquou, ajouta le juge, le testament n'est pas valable parce qu'il n'est pas daté.

« Tu vois, mon garçon, fit-il en me montrant le papier. Nous allons continuer, ajouta-t-il, peut-être en trouverons-nous un autre.

Mais il ne trouva rien plus, au grand contentement du cousin et de sa femme qui, aussitôt la recherche terminée, refermèrent tous les cabinets, les armoires et suivirent toute la maison pour se rendre compte de l'héritage. Ils montèrent au grenier voir s'il y avait beaucoup de blé, descendirent à la cave, où il n'y avait qu'une barrique en perce, allèrent après à la grange estimer le bétail et tout, se gaudissant[1] de la bonne aubaine qui leur arrivait, car Bonal n'avait pas d'autres parents.

— Pour ça, fit cependant la femme, je croyais que chez un ancien curé il y aurait plus de linge dans les armoires.

— Et moi, ajouta l'homme, je pensais qu'il y aurait plus de vin dans la cave, et du bouché.

Pendant ce temps, je dis à la Fantille :

---

1. Se réjouissant, se félicitant.

— Ma pauvre, nous n'avons plus qu'à faire notre paquet.

Et aussitôt, ne voulant pas rester une heure de plus avec ces gens-là, tant leur cupidité me faisait horreur, je rassemblai mes hardes et autant en fit la Fantille. Mais, au moment de partir, la femme nous dit :

— Et qu'est-ce que vous emportez dans vos paquets ?

— Rien qui soit à vous, brave femme, n'ayez crainte.

Sorti de la maison, je demandai à Fantille :

— Où pensez-vous aller à cette heure ?

— Et où veux-tu que j'aille, si ce n'est chez M. le Chevalier ? Ils me garderont bien jusqu'à ce que j'aie trouvé une place, ajouta-t-elle tristement.

Pauvre Fantille ! elle approchait de la soixantaine, et n'était plus bien leste, et il lui fallait aller se louer chez les étrangers, au moment où elle aurait eu besoin d'un peu de repos.

— Je vais donc vous accompagner, lui dis-je ; mais auparavant nous allons passer chez Jean, j'y poserai mon paquet.

Arrivé aux Maurezies, je contai à Jean l'histoire du testament, et alors il dit :

— Bonal était tellement honnête qu'il croyait que c'était assez de faire connaître sa volonté. Il était bien savant en beaucoup de choses, mais il ne savait pas cette loi, le pauvre ! Que veux-tu, il a eu la volonté de te bien faire, tu lui dois la même obligation.

— Ainsi fais-je, Jean ; je vous certifie que je me souviendrai toujours de lui avec la même reconnaissance que si sa volonté était faite.

— Maintenant, reprit Jean, je ne sais pas ce que tu prétends faire ; mais, toujours, tu peux rester ici ; tu auras du pain et tu ne coucheras pas dehors.

— Merci, mon Jean, je veux bien, pour le moment ; mais, par avant, il me faut accompagner la Fantille jusqu'à Fanlac.

Et, posant mon petit paquet, je pris celui de la vieille femme qui était assise sur le banc, les mains croisées sur les genoux, la tête penchée.

Alors, elle se leva et nous nous en allâmes vers Fanlac, moi ayant en bandoulière le vieux fusil de Bonal qu'il m'avait donné.

En cheminant, je pensais, à part moi, que le chevalier et la demoiselle voudraient peut-être me garder, par pure bonté, car leur bien n'était pas tel qu'ils eussent besoin d'un autre domestique dans la réserve que Cariol. Aussi, lorsque après avoir marché bien longtemps nous fûmes à La Blaugie, je dis à la Fantille :

— Vous voici bientôt rendue ; je vais m'en retourner pour ne pas me mettre à la nuit.

— Et donc, tu ne viens pas jusqu'à Fanlac conter ce qui s'est passé à M. le Chevalier ?

— Ma pauvre Fantille, vous le lui conterez bien ; moi, je n'irai pas aujourd'hui : voyez, le soleil baisse déjà... Allons, adieu ! Dans quelques jours je viendrai.

Et, la quittant, je m'en revins aux Maurezies.

La maison de La Granval était une grande belle maison bourgeoise comparée à celle de Jean qui n'avait qu'une chambre seulement, éclairée par un petit fenestrou. Pour tout plancher, c'était la terre battue, avec des creux par places, et des bosses là où les sabots laissaient la boue du dehors. La cheminée basse et large fumait à tous les vents, car les poutres et les planches du grenier étaient d'un noir luisant : il me semblait être revenu à Combenègre.

Quand j'arrivai, il était tard déjà. À la clarté de la flamme, je vis Jean assis dans le coin de l'âtre, attisant le feu sous la marmite pendue à la crémaillère.

— J'ai fait un peu de soupe, me dit-il, elle doit être cuite ; fais-lui prendre le boût, moi, je vais tailler le pain.

Et, se levant, il ouvrit la grande tirette de la table et en sortit le chanteau ; puis se mit à tailler le pain dans une soupière de terre brune recousue en plusieurs endroits.

— Tu vois – me dit-il, en me montrant le chanteau creusé au milieu et qui avait deux cornes comme la lune nouvelle – j'ai mauvaises dents, je ne peux manger que la mie ; toi, tu mangeras les croustets.

J'avais grand faim, n'ayant guère mangé depuis deux jours, tant la mort de mon pauvre Bonal m'avait troublé. Mais, lorsqu'on est jeune, on a beau avoir de la peine, bientôt l'estomac réclame. Ayant fini, je bus un coup d'eau au godet, et il fut question d'aller se coucher. Le lit de Jean était mauvais, car il n'avait qu'une paillasse bourrée de panouille[1] de maïs et puis de feuilles de bouleau pour les douleurs, et par-dessus une couette ; mais il était très large, presque carré, comme ces lits anciens où l'on couchait quelquefois quatre, et je dormis là comme un loir en hiver.

Le lendemain, je m'en fus rôder autour de Puypautier pour tâcher de voir Lina, épiant de loin le moment où elle mènerait ses bêtes aux champs. Lorsque je la vis sortir de la cour, chassant ses brebis et sa chèvre devant elle et tournant vers la grande combe, au-dessous du village, j'allai me cacher dans un bois avoisinant, le long duquel il y avait un talus plein de buissons, de prunelliers et de vignes sauvages, où elle vint se mettre à l'abri du vent.

Je restai là, un moment, à la regarder, sans bou-

1. Feuilles qui entourent l'épi de maïs.

ger, puis j'attirai son attention par de petits sifflements qui firent accourir de mon côté son chien jappant. M'étant montré, je lui fis signe de venir à un endroit où l'on ne pouvait nous voir, et, lorsqu'elle y fut, ayant apaisé son chien, je l'embrassai longuement, la serrant contre moi, comme si j'avais craint de la perdre. Elle penchait sa tête sur ma poitrine, dolente, et semblait ainsi se mettre sous ma protection.

Hélas ! ce n'était pas la mort de Bonal qui me plantait en bonne posture pour la protéger. Elle écouta le récit de tout ce qui était arrivé, puis soupira fort :

— La Sainte Vierge le sait bien ! je t'aime autant pauvre que riche ! Pourtant, je regrette qu'il en soit ainsi advenu : si le testament du défunt curé avait été bon, peut-être ça aurait aidé à notre mariage qui n'est pas en bon chemin, tant s'en faut !

Et alors elle me raconta toutes les misères que lui faisait sa mère et, chose qui lui était plus dure encore, les honnêtetés de Guilhem, qui prenait sa défense contre cette vieille coquine. Tout ça, sans parler de la honte qu'elle avait de ce qui se passait sous ses yeux, car ces misérables ne se cachaient guère, la Mathive encore moins que son goujat.

— Écoute, lui dis-je, si ça arrive à un point que tu ne puisses plus supporter tes chagrins, et si nous ne pouvons pas nous rencontrer, fais-le-moi savoir par Bertille : j'irai tous les dimanches à Bars à cette fin. D'une manière ou d'une autre, nous tâcherons d'y remédier ; Jean est un homme de bon conseil, et puis j'irai trouver M. le Chevalier et le juge ; il doit y avoir des lois pour empêcher des choses comme ça : prends donc courage, ma Linette !

Et nous restâmes un moment en silence, étroitement embrassés, tellement que je sentais le cher petit cœur de ma bonne amie palpiter dans sa poitrine, comme un jeune oiseau surpris dans le nid. Enfin, après nous être dit et répété vingt fois que nous nous aimerions jusqu'à la mort, quoi qu'il pût arriver, j'embrassai une dernière fois ses beaux yeux humides, et je m'en fus à travers les bois pour n'être pas vu.

7

Le temps s'écoulait cependant, l'hiver tirait à sa fin, et dans les bois commençaient à sortir les violettes de la Chandeleur, que d'autres appellent des perce-neige. Avec le beau temps, je pus gagner quelques sous en allant à la journée d'un côté et d'autre, pour faire les semailles d'avoine ou d'orge, fouir les vignes et autres travaux de la saison. N'entendant plus parler du comte de Nansac, je me relâchais un peu de mes précautions, en me rendant au travail ou en en revenant.

Je ne comptais pas qu'il m'eût oublié, et encore moins pardonné, mais, comme il y avait déjà longtemps de notre rencontre, je me disais que s'il avait voulu me donner ou me faire donner quelque mauvais coup par surprise, il en aurait facilement trouvé l'occasion : d'où je concluais qu'il ne voulait pas se venger ainsi.

Je ne marchais pas, la nuit, sans avoir mon fusil armé sous le bras, prêt à tirer, regardant à droite et à gauche sous bois et évitant les passages trop fourrés, du moins tant que je le pouvais. Mais on a beau se garder, ceux qui choisissent le moment sont les plus forts et, lorsqu'on a affaire à des scélérats décidés à tout, il finit toujours par arriver quelque malheur.

Il y avait dans la forêt, au-dessus de La Granval, un tuquet, autrement dit une butte, où se croisaient trois sentiers. Au milieu était un grand vieux chêne que cinq hommes à peine pouvaient embrasser, et que l'on appelait : *lou Jarry de las Fadas* ou le Chêne des Fées. Une nuit, j'étais là, assis sur une racine qui sortait de terre, pareille à l'échine de quelque monstrueux serpent et, adossé à l'arbre, le bassinet de mon fusil à l'abri sous ma veste, je songeais.

Regardant l'avenir, je le trouvais rempli de cruelles incertitudes et de désolantes obscurités ; et puis, reportant ma pensée en arrière et songeant à la fatalité qui semblait poursuivre notre pauvre famille, je me remémorai mes malheurs, la mort de mon père aux galères, et celle de ma mère dont, à cette heure encore, mon cœur saignait. Et, remontant plus haut, je pensai à mon grand-père, jeté dans un cachot pour rébellion envers le seigneur de Reignac et incendie du château, délivré au moment où il attendait la mort, par le coup de tonnerre de la Révolution. Et toujours me remémorant le passé, je me souvins de cet ancêtre qui nous avait transmis le sobriquet de *Croquant,* branché[1] dans la forêt de Drouilhe, par les gentilshommes du Périgord noir qui poursuivaient sans pitié les pauvres gens révoltés par l'excès de la misère.

Tandis que ces idées se pressaient en désordre dans mon cerveau, j'entendis sur ma droite le petit jappement espacé d'un renard menant un lièvre. J'armai mon fusil et j'attendis. Au bout d'un quart d'heure, je vis le lièvre qui venait sans se presser trop. Arrivé à la cafourche, il se planta à quatre pas de moi et, se dressant, les oreilles pointées, écouta un instant la voix du renard qui le chassait. Voyant qu'il avait le temps, il enfila un sentier, le suivit une cinquantaine de pas, puis se lança sous bois d'un bond, revint à la cafourche, prit un autre sentier et, après avoir répété sa manœuvre une troisième fois, et bien enchevêtré ses voies, il se forlongea[2] en repassant sur le sentier par lequel il était arrivé, puis,

1. Pendu.
2. Il s'écarta de ses parages ordinaires.

en deux sauts énormes, se jeta dans les taillis et disparut.

J'avais pris plaisir à le voir faire : « Va, pauvre animal, pensais-je, sauve-toi pour cette fois, mais gare à la bête puante qui te suit ! »

Je vis bientôt arriver le renard, le nez à terre, la queue traînante, tellement collé à la voie du lièvre qu'il en oubliait sa méfiance ordinaire. À vingt pas, je lui fis faire la cabriole et, l'ayant ramassé, je le mis dans mon havresac et m'en allai.

Il était sur les deux heures du matin ; le brouillard s'était épaissi, la lune se couchait, de manière qu'il faisait très brun. Tout en cheminant, je songeais à Lina et j'étais travaillé de tristes pensées, comme il est bien naturel d'après ce que je savais de chez elle. Je me dépêchais, car il commençait à bruiner, suivant un sentier qui coupait un fourré où il me fallait passer pour retourner aux Maurezies, lorsque, arrivé vers le milieu, je m'entrave les pieds dans une corde tenue à travers le sentier ; et, comme je marchais vite, je tombe tout à plat et mon fusil avec moi. Je n'étais pas à terre, que des gens se jettent sur moi, me bâillonnent au moyen d'un mouchoir, m'entortillent la tête dans un sac, me lient les mains derrière le dos, puis les jambes, me prennent mon couteau, m'attachent en travers sur un cheval et me voici enlevé.

De doute, je n'en avais aucun. Quoique je n'eusse pas ouï dire un mot, j'avais la certitude que c'était un coup du comte de Nansac, et je me demandais ce qu'il allait faire de moi : allait-il me jeter dans l'abîme du Gour ? Un moment, je le crus, mais, à la direction que nous prîmes bientôt, je vis que non. Ayant marché une heure à peu près, je connus au pas résonnant du cheval que nous passions sur un pont : « C'est le pont des fossés du château », me dis-je en moi-même. Un instant après, le cheval s'arrêta, et je fus porté, ou plutôt traîné par des escaliers de pierre, puis rudement jeté à terre. Ensuite on me passa une corde sous les bras, et bientôt je sentis qu'on me descendait dans le vide en filant la corde. Après une descente que j'estimai à huit ou dix mètres, je touchai le sol, où je restai étendu sur le ventre. En même temps la corde, tirée par un bout, remonta en haut ; j'entendis un bruit comme celui d'une dalle retombant sur la pierre, et ce fut tout.

« Me voici enterré dans les oubliettes de l'Herm ! », ce fut alors ma première pensée. Puis je songeai à me tirer de la position incommode où j'étais. Mais les gredins m'avaient ficelé de telle sorte que ça n'était pas chose facile. Je tâchai d'abord de me retourner sur l'échine et, après plusieurs sauts de carpe, j'y parvins. Cela fait, j'essayai de me mettre sur mes jambes, mais je ne pus y réussir, et plusieurs fois je chutai lourdement à terre. Meurtri et las, je restai assez longtemps immobile, puis, me roulant péniblement plusieurs fois, je finis par me trouver le long d'un mur, auquel, tournant le dos, je frottai les cordes qui me liaient les mains. Mais, outre que la manœuvre n'était pas aisée, les cordes étaient solides, de manière que, après avoir longuement frotté, je m'arrêtai, épuisé de fatigue. L'air que je respirais avec peine à travers la grosse toile du sac était lourd, épais ; une odeur fade de souterrain humide me venait aux narines ; mais aucun bruit léger ou sourd, même lointain, n'arrivait jusqu'à moi : j'étais dans un tombeau.

On pense que je faisais là de tristes réflexions. J'étais condamné à mourir lentement de faim dans le fond de cette basse-fosse ; je connaissais trop le comte de Nansac pour en douter un instant. Pourtant, je ne perdis pas courage et, après m'être reposé, je recommençai à user la corde à la muraille, non sans m'écorcher aussi les mains. Et elle tenait toujours, cette corde ; heureusement, en tâtonnant, je trouvai une pierre plus rugueuse que les autres, en sorte qu'après avoir raclé à plusieurs reprises, pendant une dizaine d'heures, je pense, je sentis mes liens se relâcher, et bientôt mes mains furent libres. Le premier usage que j'en fis, ce fut de me débarrasser du sac qui m'enveloppait la tête, et du mouchoir qui me couvrait la bouche, après quoi je me déliai les jambes et je me mis en pieds.

J'étais toujours dans la plus profonde nuit, dans un noir de poix. En marchant à petits pas, les mains sur la muraille, je m'aperçus que le souterrain était de forme circulaire ; mais tout de suite une idée me vint qui m'arrêta net : s'il y avait un puits dans le sol de l'oubliette ?

Je pensai un peu à ça, et puis je repris ma marche, lentement, prudemment, allongeant le pied en avant pour m'assurer qu'il n'y avait pas de vide. Étant revenu à mon point de départ, ce que je connus en trouvant sous mes pieds les bouts de corde, je compris que j'étais dans le plus bas d'une des tours de l'Herm. Après avoir tourné en rasant la muraille, je me hasardai à traverser ma prison en marchant à quatre pattes, tâtonnant avec mes mains étendues toujours, de crainte de choir dans quelque puits. Enfin, m'étant traîné dans tous les sens, je fus rassuré à cet égard, et je restai avec l'horrible certitude que j'étais destiné à pourrir au fond de ce cul-de-basse-fosse. Pourrir est bien le mot, car l'humidité suintait des murailles, ce qui me prouva que j'étais au-dessous du niveau des fossés du château.

Cette terrible pensée d'être enterré vivant me poignait tellement que, les tortures de la faim aidant, je ne dormais pas. J'étais fatigué d'être assis, et cependant je n'osais me coucher, car mon imagination enfiévrée par la privation de sommeil et de nourriture me faisait redouter de m'endormir pour toujours. Et alors, malgré ma faiblesse, je rampai à tâtons sur le sol humide, j'essayai de le creuser avec mes mains, je m'épuisai à agrandir des trous que je trouvai, semblables à des trous de taupe, et enfin je m'arrêtai à bout de forces, haletant, étendu sur la terre. Tandis que je me traînais ainsi à quatre pattes, je m'en vais poser les mains sur quelque chose qui me parut d'abord être un petit tas de menus morceaux de bois mort ; mais tout à coup, ayant palpé plus attentivement, l'horrible vérité m'apparut : c'étaient les débris d'un squelette qui, pourris par le temps, s'écrasaient sous mes mains.

À ce moment, je sentis la désespérance m'envahir et je me laissai aller à terre, accablé, près de ces restes humains enfouis dans ce lieu depuis de longues années. Mais tandis que j'étais là gisant, voici qu'en haut des pas lourds résonnent sur la voûte. Je me relève et j'écoute : un bourdonnement à peine sensible, comme celui de gens qui parlent au loin, arrivait jusqu'au fond de la basse-fosse, coupé par des pas sourds et lents.

Ce sont les gendarmes qui font une perquisition, pensai-je, et l'espoir me revenant, je me mis à crier.

Mais en même temps la rumeur cessa, les pas s'assourdirent dans l'éloignement, et je retombai dans le silence de mort qui m'enveloppait depuis ma descente au fond de ce tombeau. Écrasé par le désespoir, je m'affaissai sur le sol ; les horreurs du lieu disparurent de ma pensée torturée, la tête me tourna et je m'évanouis.

Une douleur aiguë à la joue me réveilla et, y portant la main, je sentis quelque chose qui lâcha prise et s'enfuit, tandis que, le long de mon corps, j'avais la sensation de semblables choses qui s'enfuyaient aussi, effarouchées par mes mouvements.

Et alors j'eus l'explication de trous que j'avais trouvés dans le sol de l'oubliette : c'étaient des anciens terriers de rats. Ces animaux qui foisonnaient, énormes, dans les vieilles murailles des douves, avaient creusé des souterrains au-dessous des fondations de la tour et, avec ce terrible flair qui perce les murs les plus épais, sentant une proie, accouraient, affamés. L'épouvantable certitude d'être dévoré à demi vivant par ces dégoûtantes bêtes acheva de m'affoler. J'essayai de me casser la tête contre les murs, mais j'étais incapable de me tenir debout et, plus encore, de prendre l'élan nécessaire. Alors, je pensai aux cordes qui m'avaient lié et, les cherchant à tâtons dans ces ténèbres horribles, je parvins péniblement à les retrouver après de longues heures. N'ayant rien où accrocher le bout de corde, je fis un nœud dans lequel je passai le cou et je tâchai de m'étrangler. Mais le jeûne prolongé m'avait tellement affaibli que mes bras retombèrent, impuissants, et je restai là, inerte, immobile.

Depuis que j'avais cessé tout mouvement, les rats, me voyant épuisé, étaient revenus nombreux, prêts à se jeter sur moi. Je les entendais trottiner dans la nuit, et ils s'enhardissaient jusqu'à ronger le cuir de mes souliers. L'idée me vint à ce moment d'en attraper un pour apaiser la faim qui me torturait. Ah ! avec quelle ardente concupiscence je songeais à déchirer de mes dents une de ces bêtes immondes et à la dévorer crue et vivante !

J'attendis, et bientôt je les sentis grimper sur moi, cherchant le visage et les mains. En vain, j'essayai plusieurs fois de les saisir, mes mains n'avaient plus l'agilité nécessaire et je ne pus y réussir.

Et alors, tenaillé par la faim qui me tordait les entrailles, la tête perdue, je portai mes mains à ma bouche et, machinalement, j'essayai de les ronger, mais je n'en avais plus la force, et je restai longtemps sans mouvement, comme anéanti. Maintenant, les rats couraient sur moi sans que je pusse les chasser ; leurs morsures mêmes me laissaient presque insensible, et je devenais leur proie sans avoir la force de me défendre. Il me semblait que j'étais là depuis huit jours ; mes oreilles bourdonnaient, ma tête ne pouvait plus produire une idée, ma volonté se détendait, s'anéantissait, je sentais la vie me fuir, et je finis par tomber dans un évanouissement précurseur de la mort.

Quand je revins à moi, j'étais dans un lit ; on me desserrait les dents tout doucement, et on me faisait avaler un peu de bouillon mêlé avec du vin, dans une cuiller. Mes yeux, par l'effet de la désaccoutumance, ne pouvaient soutenir l'éclat du jour, et je les refermai aussitôt. Les mains et la figure me cuisaient fort par endroits, là où les rats m'avaient mordu, mais je ne rapportais cette douleur à aucune cause. Il me semblait que ma cervelle s'était fondue et que ma tête était vide comme une calebasse[1]. Incapable de former une idée, je restais là étendu, n'ayant que la respiration, et encore bien petite. Puis, peu à peu, avec le temps, et à force de soins, je commençai à ressusciter et je reconnus Jean auprès du lit.

— Et Lina ? lui dis-je faiblement.

— Eh bien, tu la verras quand tu seras sur pied.

Tranquillisé un peu, je me rendormis.

Quelques jours après, le chevalier vint et, me voyant mieux, il fit :

— À cette heure, tu es sauvé... pour cette fois !

---

1. Fruit du calebassier qui, vidé et séché, peut servir de récipient.

il s'en va sans dire, comme le bréviaire de messire Jean.

Je souris légèrement et le remerciai de toutes leurs bontés, car je savais que lui et sa sœur avaient envoyé des poules pour faire la soupe, des choines, du vin vieux et du sucre.

— Bah ! dit-il, ce n'est rien que tout cela, mon pauvre Jacques.

— Faites excuse, monsieur le Chevalier, dit Jean ; sans ce bon vin, je crois qu'il s'en serait allé dans le pays des taupes.

— Ah ! ah ! tant mieux, tant mieux que mon remède ait opéré, mais autrement qu'importe ?

Crotte de chien ou marc d'argent
Seront tout un au jour du jugement !

Cette fois-ci, je ris un brin plus fort, et le chevalier s'en fut tout content, non pas sans que je l'eusse bien prié de remercier fort pour moi la bonne demoiselle Hermine.

Un mois après, j'étais sur pied, faible encore, ne marchant qu'à petits pas avec un bâton ; puis, peu à peu, les forces me revinrent. Tandis que j'étais encore au lit, pensant toujours à Lina et m'ennuyant fort de ne pas la voir, je parlais souvent d'elle à Jean qui avait toujours quelque parole pour me calmer et me faire prendre patience. Dans les premiers jours que je fus en état de comprendre quelque chose, je lui demandai par quelle chance j'étais là, dans son lit, et alors il m'expliqua qu'on m'avait trouvé un matin dans la forêt, sur le grand chemin, gisant comme mort, la figure et les mains pleines de sang. Tout ce que je lui dis de l'endroit où j'étais l'accertaina que c'était le comte de Nansac qui m'avait enlevé. Je sus alors que les pas entendus au fond de la basse-fosse étaient bien ceux des gendarmes, qui, sur la plainte du chevalier, faisaient une perquisition dans le château avec le maire. Le comte les avait promenés partout, des caves aux galetas, et les avait conduits à la prison ; mais, comme la dalle qui fermait l'oubliette était recouverte d'une épaisse couche de poussière terreuse, ainsi que tout le pavé, ils ne s'étaient pas doutés, ni les uns ni les autres, qu'il y avait un souterrain au-dessous. D'ailleurs, le maire était à la dévotion du comte, et les gendarmes déjeunaient des fois au château étant en tournée ; puis ce brigand, qu'ils savaient puissant, leur imposait, de sorte qu'ils firent leur affaire un peu pour la forme. Il faut dire aussi, pour leur décharge, que sans doute ils ne croyaient pas le comte capable d'un coup pareil.

Mais le chevalier, prévenu par Jean, qui l'avait appris de quelques anciens, de l'existence d'une oubliette à l'Herm, était revenu un soir à Montignac, et avait mis en branle le juge de paix et les gendarmes pour faire de nouvelles recherches, principalement au-dessous de la prison. Les gendarmes, qui se sentaient quelque peu en faute, étaient assez ennuyés, d'autant plus que cette affaire mettait en rumeur tout Montignac où les gens ne sont pas bien capons[1].

Devant tout ce bruit et le parler ferme du chevalier, il fut arrêté qu'une nouvelle perquisition serait faite le lendemain matin. Mais, dans la nuit, un exprès fut envoyé au comte : par qui ? on ne l'a jamais su ; toujours est-il que, le matin, on me trouva sur le grand chemin, comme j'ai dit, ce qui coupa court à toute nouvelle recherche. Au surplus, la justice tenait si peu à éclaircir cette affaire que je ne fus pas même interrogé.

Pour moi, dès que la force et la volonté me furent revenues, je renouvelai en moi-même le premier serment que j'avais fait de me venger du comte de Nansac et, dès lors, j'y songeai toujours. Mais, auparavant, quelque chose me tourmentait plus que la vengeance, c'était l'envie de revoir ma Lina. Il me tardait de pouvoir marcher assez : aussi, dès que je le pus, et bien que Jean essayât de me faire repousser la chose au dimanche d'après, je fus à Bars, et

1. Lâches.

j'attendis la sortie de la messe comme d'habitude. La Bertille sortit d'abord seule et, me voyant, vint vers moi.

— La Lina est là ? lui dis-je, sans autre compliment.

Elle me regarda d'un air si tristement étonné que quelque chose me mordit au cœur. Et, juste à ce moment, la Mathive sortit de l'église habillée de deuil.

Je répétai ma question, dans une transe affreuse.

La Bertille me tira à l'écart :

— Alors, tu ne sais rien ?

— Mais quoi ? tu me fais mourir !

— Hélas ! mon Jacquou, tu ne verras plus la pauvre Lina !... elle est morte !

— Ho ! Dieu ! fis-je, écrasé par cette nouvelle.

Lors la Bertille m'emmena plus loin, sur un chemin écarté, et me raconta ce qui était arrivé.

Pour garder son Guilhem, qui parlait toujours de s'en aller parce qu'il voyait bien que lorsque la Lina serait maîtresse de ses droits, ce serait fini de rire, la Mathive, surmontant sa jalousie, voulait absolument le faire marier avec sa fille. La pauvre petite résistait, bien entendu, de manière que c'étaient continuellement des trains dans la maison et des tapages qui faisaient mettre les voisins sur les portes. Ça en était venu à ce point que la Mathive s'était adonnée à battre sa fille quasi tous les jours, pour la forcer à consentir ; d'où il advint qu'un soir qu'elle l'avait tarabustée, souffletée, tirée par les cheveux et battue tellement qu'elle en portait les marques à la figure, la pauvre drôle, épouvantée, s'était sauvée des mains de sa misérable mère, qui était capable de la tuer quelque moment. Venue en hâte aux Maurezies pour me dire qu'elle n'y pouvait plus tenir, et me consulter sur ce qu'il y avait à faire, elle trouva une voisine de nous à qui elle demanda où j'étais.

— Ah ! pauvre fille ! qui sait où il est ! voici trois jours et trois nuits qu'âme vivante ne l'a vu : il était au guet du lièvre, la nuit ; sans doute on l'aura assassiné et jeté dans le Gour.

Là-dessus, désespérée, la tête perdue, la pauvre Lina s'encourut, remontant au-dessus de La Granval, et le lendemain, tandis qu'on me relevait sur le chemin, on trouvait ses petits sabots au bord du Gour...

Ayant ouï, je m'enfuis, fou de douleur, vers la forêt et, comme une bête blessée à mort, je me jetai dans un fourré où je pleurai jusqu'au soir, sanglotant, mordant l'herbe, et parfois hurlant de désespoir comme un loup enragé. Puis, la nuit tombée, je revins aux Maurezies et je me couchai sans souper.

De ce jour, je commençai à courir les villages le soir, dans les alentours de l'Herm, là où l'on avait le plus éprouvé la malfaisance du comte de Nansac, comme Prisse, Les Bessèdes, Le Mayne, La Lande, Martillat, Le Laquens, La Bourdarie, Monplaisir et autres. Partout je rappelais les tyranniques vexations de ce gredin, ses méchancetés, la férocité froide avec laquelle il abusait de sa force ; son insolence, celle de son fils et de leurs hôtes à l'égard des femmes : à chacun je ravivais le souvenir de ce qu'il avait eu particulièrement à souffrir de cet odieux seigneur de contrebande. Je tâchais de relever ces pauvres gens courbés sous cette tyrannie humiliante, de leur faire sentir qu'ils étaient des hommes pourtant, et qu'ils seraient débarrassés de ce brigand, le jour où ils auraient le courage de lui résister et de prendre leurs fourches.

Tous étaient bien de mon avis, mais voilà, il y en avait d'apoltronis[1], qui cherchaient à reculer le moment d'agir, et ceux-là, tout en étant d'accord avec moi, soulevaient des difficultés, disant que le comte était bien puissant, qu'il avait toujours fait ce qu'il avait voulu, et que s'attaquer à lui c'était cracher contre le soleil et risquer les galères :

— Tu sais bien, mon pauvre Jacquou, qu'il en a

1. Devenus poltrons.

coûté cher à ton père pour s'être rebellé contre ce méchant homme !

— Écoutez, leur disais-je alors, on ne condamnera pas aux galères tous ceux de nos villages ; le chef paiera pour tous : eh bien, je prends toute la coulpe sur moi ! D'ailleurs, mes amis, les époques ne sont plus les mêmes ; nous ne sommes plus en 1815, nous sommes en 1830, et, d'après ce que j'ai ouï dire à M. le chevalier de Galibert, de Fanlac – le roi des braves gens, celui-là ! – la révolution n'est pas loin, par le fait de ceux qui voudraient nous ramener au temps d'autrefois, comme le comte de Nansac.

Pendant trois mois, je suivis comme ça tout le pays pour voir les gens. Enfin, à force de les prêcher, de les encourager, je finis par les tirer tous à ma cordelle[1]. Lorsque je les vis bien décidés, je leur assignai un rendez-vous pour une nuit marquée, dans une friche au nord des Maurezies, au milieu de laquelle était un amas de pierres géantes appelé Peyre-Male.

Dès les onze heures, j'étais là avec Jean et un de nos voisins. Je comptais qu'il viendrait une quarantaine d'hommes ou cinquante, mais je fus bien étonné lorsque je vis arriver avec les hommes des femmes en assez bon nombre.

1. Les amener à mon point de vue.

Et alors, les faisant tourner tous vers le château de l'Herm, je les fis jurer à l'antique manière de nos ancêtres, comme ma mère m'avait fait jurer jadis. Tous comme moi crachèrent dans leur main droite et, après y avoir tracé une croix avec le premier doigt de la main gauche, la tendirent ouverte en disant à demi-voix après moi :

— À bas les Nansac !

— C'est bien, mes amis ; et maintenant, que chacun se tienne prêt. Une de ces nuits, quand le moment sera bon, lorsque vous entendrez trois coups de corne secs et espacés, suivis d'un autre coup prolongé, arrivez tous vitement ici : la vengeance sera proche et notre délivrance sera sous notre main !

Là-dessus, la foule se dispersa dans les bois et chacun s'en revint dans son village.

Un jeune drôle de Prisse, adroit et hardi, guettait le château et me tenait au courant de ce qui s'y passait. Un soir, comme nous finissions de souper, Jean et moi, je le vis arriver :

— Tous les messieurs qui étaient au château sont partis ; le fils du comte s'en est retourné à Paris, à ce qu'il paraît. Il n'y a plus maintenant que le comte, les demoiselles, le chapelain, les gardes et les domestiques.

— Ah ! fis-je en me levant, le jour est donc venu !

Voici, garçon : tu vas courir à La Lande et au Mayne, et tu diras à François de chez le Bourru et au grand Micheou de répéter mon coup de corne lorsqu'ils l'ouïront. Ensuite de ça, tu iras te cacher aux abords du château, et quand, ayant fait le tour des fossés, tu verras que toutes les lumières sont éteintes, tu viendras me retrouver à la Peyre-Male : tiens, bois un coup et va.

Et, lui ayant donné un plein verre du vin qui nous restait de celui que le chevalier avait envoyé, le drôle l'avala d'un trait, passa sa main sur ses babines et repartit courant.

Sur les neuf heures, je pris le fusil de Jean, le mien ayant disparu lors de mon affaire, et je m'en fus tout droit au plateau de Peyre-Male. C'était vers la fin du mois de mai. Je marchais doucement, calculant en moi-même comment il fallait s'y prendre pour réussir.

Mon dessein était d'attaquer le château et, après l'avoir pris, d'y mettre le feu, afin de purger le pays de cette famille de brigands. J'espérais bien, dans l'assaut, trouver le comte et le tuer à son corps défendant, car tout le mal qu'il avait fait, rien qu'à moi, méritait la mort ; et combien d'autres avaient été ses victimes ! Celui-là, je me le réservais ; il me semblait que, de par la haine envenimée que je lui portais, il m'appartenait. Aussi comptais-je faire l'impossible pour l'avoir en face de moi, pour l'abattre à mes pieds dans le feu de la colère, dans la chaleur de la bataille ; et ma raison dernière de le désirer tant, c'est qu'en me sondant la volonté, je sentais que si on le faisait prisonnier je ne pourrais jamais, de sang-froid, le tuer, ni le laisser tuer, impuissant et désarmé. Et cela même, quoique ma haine protestât, me remplissait de fierté, parce que je me trouvais supérieur au misérable qui avait voulu me faire mourir à petit feu, comme on dit, après m'avoir pris en un lâche guet-apens.

Et, réfléchissant à ça, je me disais que si le comte se tirait vivant de là, son affaire n'en serait guère moins empirée. C'est que depuis quelque temps il courait sur lui des bruits de ruine ; on disait qu'il avait mangé toute sa fortune, ce qui était bien croyable, avec la vie qu'il menait. La chose se savait, parce que, depuis deux ou trois mois, il venait des huissiers au château, qui n'étaient pas trop bien reçus, à telles enseignes que l'un d'eux, ayant parlé de verbaliser, fut obligé de sauter dans les fossés, et de se sauver, ayant de l'eau et de la vase jusqu'aux aisselles. Cela étant, sa ruine serait achevée par l'incendie du château, car les compagnies d'assurances, toutes nouvelles alors, étaient encore inconnues dans nos pays ; et ce serait peut-être pour cet homme orgueilleux, pour ce tyran féroce, une punition plus griève[1] que la mort, d'être ainsi réduit à la pauvreté et à l'impuissance.

Un pas rapide à l'orée de la friche me fit dresser en pieds ; c'était le drôle de Prisse.

— Tout le château est endormi, me dit-il.

— Ça va bien, fils.

Et, embouchant ma corne, j'envoyai successivement du côté de La Lande et puis du Mayne trois coups brefs, suivis d'un quatrième qui s'en alla en mourant, comme le mugissement d'un bœuf tombant sous la masse du boucher.

Aussitôt, deux cornes me répondirent, jetant dans la nuit le sinistre appel. Bientôt, les plus proches arrivèrent, et, trois quarts d'heure après, tous les gens des villages étaient là, une nonantaine[2] environ en comptant les femmes qui portaient des bâtons, des sarcloirs, des aiguillons. Les hommes, eux, étaient armés de fusils, de fourches-fer, de gibes[3], de haches, et le forgeron de Meyrignac avait porté le plus gros marteau de sa boutique.

Les voyant tous là, je les rassemblai en cercle, et, me mettant au milieu, je leur expliquai d'abord que, pour réussir sans trop s'exposer, il fallait faire promptement. Tout ça bien expliqué, j'assignai à chacun son poste, et tout étant convenu, j'ajoutai :

---

1. Grave.
2. Quatre-vingt-dix.
3. Sorte de serpe à long manche, servant à enlever les ronces.

— Et qu'il soit bien entendu qu'on ne touchera pas à un bouton dans le château. Nous sommes de braves gens qui nous vengeons, et non des voleurs !

— Oui ! oui ! firent-ils tous à demi-voix.

Alors, je demandai :

— Quelle heure est-il, vous autres ?

Les vieux levèrent les yeux au ciel et, entre deux nuages, regardèrent la position des étoiles.

— Il doit être environ les onze heures, dirent quelques-uns.

— Partons, et ne faisons pas de bruit.

Au moment de me mettre en route, je sentis quelqu'un qui me prenait le bras et je me retournai :

— Ah ! mon pauvre Jean, je vous avais bien dit de rester tranquille dans votre lit et de laisser faire les jeunes !

— Donne-moi le fusil, me répondit-il : il ne ferait que te gêner pour commander tout. Moi, j'ai bon œil encore, j'aviserai aux meurtrières : laisse-moi faire, j'ai plaisir de voir forcer ce loup dans son repaire.

— Comme vous voudrez, donc !

Et, lui donnant le fusil, nous partîmes.

Nous marchions en silence. Une fois sur le grand chemin qui vient de Thenon et passe contre l'Herm, nous fîmes plus doucement encore et, à mesure que nous approchions, chacun prenait plus de précautions. Le cœur me battait en ce moment ; non que j'eusse peur pour moi : depuis la mort de ma pauvre Lina, la vie ne m'était rien, et je l'aurais donnée bon marché ; mais je craignais pour tous ces braves gens qui me suivaient, et je redoutais de ne pas réussir, sachant bien qu'en ce cas le comte leur en ferait payer les pots cassés.

Cependant les autres étant revenus avec les échelles, je chassai ces idées et je ne pensai plus qu'à l'exécution. À ce moment, le chevron arriva, cheminant comme un monstrueux mille-pattes, et entra dans la cour. À quinze pas, les hommes se mirent à courir, fonçant sur la porte, et lui portèrent un rude coup qui retentit dans la tour de l'escalier, mais elle ne céda pas. Tandis que nos gens revenaient en arrière pour prendre du champ, des têtes effarées apparurent aux croisées du château, des cris se firent entendre et bientôt des lumières coururent partout à l'intérieur. À ce moment, un second coup de chevron ébranla la porte.

— Courage, mes amis ! elle va céder ! m'écriai-je.

Au même instant, des coups de fusil furent tirés par quelques-uns des nôtres apostés[1] autour du château, et ceux qui étaient montés aux échelles brisèrent les fenêtres à grand bruit.

Pendant que les porteurs du chevron reculaient

1. Postés.

pour choquer de nouveau la porte, des canons de fusil passèrent par les meurtrières qui défendaient l'entrée, et plusieurs coups de feu éclatèrent, tirés tant du dedans que par les nôtres. Les femmes se mirent alors à crier, voyant un homme blessé lâcher le chevron ; mais une belle gaillarde robuste galopa le remplacer. De cette même décharge, je me sentis cinglé à la joue et à l'épaule, mais je n'y pris garde, dans la grande excitation où j'étais.

— Hardi ! criai-je, cognez ferme ! la porte va tomber, cette fois !

Alors, d'un élan vigoureux, s'animant par leurs cris, nos hommes coururent sur la porte qui céda, la serrure arrachée, les barres brisées, les gonds tordus. Comme elle tenait encore quelque peu, le faure[1] acheva de la faire tomber avec son lourd marteau.

— En avant !

Et, empoignant la hache d'un homme, je m'élançai dans l'escalier, suivi de tous ceux qui étaient là, quelques-uns avec des lanternes, et enjambant les degrés quatre à quatre. Je fus bientôt au palier du premier étage, où étaient le comte et ses filles, ainsi que Mascret, tous à demi vêtus et se dépêchant de recharger leurs armes.

---

1. Forgeron.

— Ah ! brigand ! m'écriai-je en me précipitant sur le comte, la hache levée.

Lui, n'ayant pas fini de recharger son fusil, le prit par le canon et essaya de m'assommer d'un coup de crosse.

Heureusement, je le parai avec ma hache, qui en retomba ; puis, aussitôt, la levant de nouveau, dans un élan furieux, sans faire attention aux bourrades que Mascret et la plus jeune fille m'ajustaient par les côtes, à grands coups de canon de fusil, j'envoyai au comte un coup qui devait lui fendre la tête. Il fit un grand saut en arrière, évita le coup, et se trouva près de la porte d'entrée de la grande salle, où, heureusement pour lui, il fut saisi, et aussi le garde, par ceux de nos gens qui avaient escaladé les croisées en repoussant le piqueur et les autres domestiques.

— Ah ! mes amis, vous me faites tort ! dis-je, en abaissant ma hache, ne voulant pas le frapper maintenant qu'il était hors d'état de se défendre.

Après que le comte, Mascret, le piqueur et les autres eurent les mains attachées avec des cordons de rideaux, on les fit tous descendre dans la cour.

Dans la cour noire, où brillaient seulement quelques lanternes portées par des paysans, le comte était là, les mains liées, n'ayant sur lui que son pantalon et sa chemise toute en loques. Près de lui, épeurés[1], se tenaient les gens du château ; et tous ceux des villages, hommes et femmes, les entouraient et leur reprochaient leurs méfaits avec des injures et des gestes menaçants : quelques-uns même commençaient à crier qu'il fallait faire passer le goût du pain au Nansac.

— Foutu gueux ! ma drôle est perdue[2] par la faute de ton coquin de fils : tu vas payer pour lui !

Et à cette voix s'en joignaient d'autres, clamant leurs griefs au comte et, dans la colère, lui portant les poings sous le nez, cependant que l'un le tenait déjà à la gorge et que les bâtons et les serpes se levaient sur sa tête.

Le sang découlait de ma joue, et je sentais ma blessure de l'épaule saigner sous ma veste ; mais, malgré ça, j'écartai la foule et, levant le bras, je criai :

— Arrêtez !... Jusqu'ici, braves gens, je vous ai bien conseillés, n'est-ce pas ? Eh bien, écoutez-moi encore !... Vous avez tous à vous plaindre de cet homme et des siens ; il n'est pas de coquineries qu'il ne vous ait faites...

— Oui ! oui !

Et tous autour du comte, le poing tendu, ou brandissant une arme, lui crachaient ses canailleries à la face.

1. Apeurés.
2. Déshonorée.

— Mais toi, Jacquou, me cria une femme, tu as le plus à te plaindre de tous !

— C'est vrai, Nadale ; cet homme est la cause que mon père est mort aux galères ; que ma mère est morte de misère, désespérée ; que ma pauvre Lina s'est allée jeter dans le Gour, me croyant disparu à tout jamais ; pour moi, il m'a tenu quatre jours et quatre nuits dans le fond de l'oubliette de la prison, et si je n'y suis pas crevé de faim, lentement, mangé demi-vivant par les rats, c'est grâce au chevalier de Galibert...

« Ah ! tu nies, gredin ! – fis-je en voyant le comte secouer la tête.

« Allez avec une échelle dans la prison – dis-je à trois ou quatre autour de moi – levez la dalle et descendez dans ce tombeau, vous y trouverez les morceaux de cordes qui m'attachaient et que j'ai usées à grand-peine contre les murailles, et vous y verrez aussi des os pourris et tombant en poussière, de quelque malheureux qui y a été jeté autrefois.

Tandis que ceux-là allaient à la prison, je me donnai garde de la plus jeune fille du comte. Elle était là près de lui à moitié vêtue, dans une attitude crâne. Ses épais cheveux fauves brillaient comme des louis d'or et retombaient en masse sur ses épaules nues ; sa bouche serrée exprimait le mépris, les ailes de son nez un peu recourbé se gonflaient de colère, et ses yeux d'un bleu sombre m'envoyaient un regard haineux, pénétrant comme une lame d'épée.

Mais, en ce temps-là, je n'avais pas froid aux yeux non plus, et je la regardai fixement sans ciller. C'était une belle fille de dix-huit ans, grande, bien faite et hardie, qui se tenait là, sans honte et sans embarras, à demi nue au milieu de tout ce monde. Non pas qu'elle fût dévergondée, car elle était la seule des quatre sœurs dont on ne dît rien, mais cette attitude venait de son dédain pour tous ces paysans qui à ses yeux n'étaient pas des hommes.

Moi, j'eus honte pour elle, et je lui dis :

— Allez vous vêtir.

Elle me dévisagea sans répondre, les bras nus toujours croisés sur sa poitrine, et ne bougea pas.

— Emmenez votre demoiselle, dis-je à une des chambrières, ou bien je vais la faire habiller par nos femmes, tout d'abord.

Alors elle se décida, mais si ses yeux avaient été des pistolets, j'étais mort.

Cependant, les hommes étaient revenus et rapportaient de l'oubliette des bouts de corde et des débris d'ossements.

— À cette heure, nieras-tu ? méchant Crozat !

Il devint encore plus pâle, ferma les yeux et ne répondit pas.

— Il faut le pendre ! mille dieux ! il faut le pendre ! criaient quelques-uns.

— Si nous le pendons, m'écriai-je, il ne souffrira qu'un court instant, dans deux minutes tout sera fini : nous avons mieux. Vous avez tous vu près de la Vézère, en allant à la dévotion de Fonpeyrine, les ruines du château de Reignac, dans la paroisse de Tursac. Il y avait là, avant la Révolution, un noble si gredin, si mauvais sujet pour les femmes, qu'on l'appelait dans le pays : *le bouc de Reignac*. Eh bien, ces ruines, c'est mon grand-père qui les a faites avec les gens de Tursac, fatigués des malfaisances de ce misérable. Lorsqu'on lui eut brûlé son château, le bouc de Reignac, déjà perdu de dettes, traîna dans le pays quelque temps et finit par crever de rage et de misère : ainsi se débarrassa-t-on de lui...

« Puisque vous êtes tous d'accord que j'ai le plus à me plaindre de cet homme, laissez-moi en faire justice. La plus grande punition pour lui, pire que la mort, c'est d'être ruiné, de traîner, lui si fier, si orgueilleux, une existence méprisée ; ce qui arrivera de force car, sans le sou, il n'aura plus d'amis, attendu que les autres nobles ne l'aiment ni ne l'estiment non plus que les paysans.

Ici le comte essaya de ricaner.

— Tu le sais bien, Crozat, qu'ils ne te prennent pas pour un des leurs ! qu'ils se souviennent de ton grand-père, le porteur d'eau auvergnat !

Et je repris :

— De même que les gens de Tursac ont brûlé Reignac, il nous faut brûler l'Herm. L'abolition totale de ce repaire de bandits achèvera de ruiner ce prétendu seigneur, qui s'en ira mendier de château en château une pitié méprisante qui sera son plus grand châtiment !...

« Croyez-m'en, mes amis ! Je suis d'une race où l'on s'y connaît. Du temps de Henri IV, un de mes anciens, chef d'une troupe de Croquants, brûlait les châteaux des nobles, tyrans du pauvre paysan, et c'est de celui-là que nous vient ce sobriquet de *Croquant* ! Mon grand-père brûla Reignac, comme je viens de le dire ; moi, j'ai commencé, il y a treize ans, en brûlant la forêt de l'Herm et, aujourd'hui, je vais faire flamber le château !

— C'est ça ! c'est ça !

— Allons, empilez des fagots partout, dans la cuisine, dans les salles du bas ; montez de la cave les barriques d'eau-de-vie, l'huile du bac, et nous allons voir un beau feu de joie !

Tandis que les gens couraient à l'ouvrage, la chambrière sortit du château et vint vers moi.

— Mademoiselle ne veut pas descendre.

— J'y vais, répondis-je, venez me montrer où elle est.

Arrivés en haut, je vis la jeune fille habillée, et assise dans un coin de la chambre.

— Il faut descendre, lui dis-je : nous allons brûler le château.

Elle me regarda durement, sans répondre.

— Si vous ne venez pas de bon gré, vous viendrez de force.

Et je m'avançai vers elle.

À ce moment, elle leva un petit poignard sur moi et essaya de me frapper ; mais je lui attrapai le poignet à la volée et je la désarmai.

— Quoique vous me le donniez un peu par force, je le garde pour le moment ! dis-je en mettant le poignard dans la poche de ma veste.

Et, en même temps, la saisissant à bras-le-corps, je l'emportai, nonobstant sa résistance.

— Tenez-vous tranquille ! lui dis-je rudement en plongeant mes yeux dans les siens et en la serrant plus fort, tandis qu'elle cherchait à me griffer.

Elle comprit, et ne bougea plus ; un instant après, je la déposai sur ses pieds, près de son père.

Puis, tout étant prêt, je pris une lanterne à un homme ; mais, au moment où j'allais vers la grande salle, une voix s'écria :

— Et le capelan[1] ?

Foutre ! personne n'y avait songé.

— Allez donc le quérir, dis-je, et faites vite.

Un moment après, le gros dom Enjalbert arriva dans la cour, traîné par trois ou quatre hommes qui l'avaient découvert caché dans les galetas[2]. Le malheureux criait comme un porc qu'on va saigner, ne s'interrompant que pour demander grâce d'une voix piteuse.

— Allons, tais-toi, braillard ! ne vois-tu pas tous les autres sur pied ?... Il n'y a plus personne ? Alors, en avant !

Et, entrant dans le château, je défonçai à coups de hache deux barriques d'eau-de-vie qui se répandirent sur le plancher, puis j'y mis le feu, et je ressortis.

À travers les croisées, ouvertes pour aviver le feu, on voyait la flamme bleuâtre s'élever, frôlant les murs, enveloppant les meubles, grimpant aux rideaux et enflammant les fagots entassés dans la grande salle. Un quart d'heure après, un énorme bûcher flambait jusqu'au plafond, et l'incendie attaquait les pièces voisines. Les baies s'illuminaient successivement à mesure que le feu gagnait et, une heure après, tout l'intérieur n'était plus qu'une

1. Chapelain (en occitan).
2. Petites pièces sous les combles, grenier.

immense fournaise, vomissant par les ouvertures des torrents de flammes qui, comme des langues ardentes, léchaient les murs extérieurs. Puis le feu s'élançant à l'escalade gagna les hauts étages, et bientôt les vieilles charpentes de châtaignier, chauffées à force, prirent feu comme des allumettes. Alors les ardoises commencèrent à pleuvoir dans la cour, surchauffées par les lambris qui brûlaient : il fallut se reculer. Enfin, la couverture s'étant effondrée avec fracas, les flammes montèrent dans les airs par les travées, jetant au loin sur les coteaux des reflets rougeâtres, tandis qu'à Rouffignac et à Saint-Geyrac le tocsin sonnait à coups précipités.

— Oui ! oui ! sonnez ! sonnez !

Lorsque les gens réveillés par les cloches voyaient que c'était le château de l'Herm qui brûlait, ils ne se dérangeaient pas, disant : « Ça n'est pas un grand malheur ! » Et, s'il en venait quelques-uns, c'était par curiosité.

Quoique ces vieux bois flambassent à plaisir, les poutres et les chevrons, très forts, résistèrent longtemps ; mais pourtant, sur le matin, la charpente s'affaissa, entraînant les restes des poutres des étages inférieurs et faisant jaillir vers le ciel des milliasses d'étincelles. Alors, il ne resta plus entre les murs calcinés que des débris de bois noircis brûlant sur un grand amas de braise.

À ce moment, j'entendis deux hommes se chamailler derrière moi et, me retournant, je vis qu'ils se disputaient un fusil double, enlevé à ceux du château.

— Ce n'est pas la peine de débattre entre vous de la chape[1] à l'évêque, mes amis. Vous savez ce qui est convenu : nul n'emportera un bouton.

Et, prenant le fusil, j'allai le lancer dans le feu par une croisée, et je revins.

— Maintenant que justice est faite, qu'on laisse aller tout ce monde ! dis-je en montrant le comte et les siens, blêmes et frissonnants sous l'air frais du matin, malgré le brasier ardent d'où montaient quelques nuages de fumée bleuâtre.

Lorsque, une fois déliés, ils se furent éloignés, se dirigeant vers leur plus proche métairie, j'ajoutai :

— Et vous autres tous, gardez la recordance[2] que moi seul ai mis le feu au château, rejetez sur moi ce qui s'est passé, je prends tout sur mon compte.

Là-dessus, comme je pensais bien que je ne tarderais pas à recevoir la visite des gendarmes, je m'en fus tout droit à Thenon, avec deux autres blessés, pour nous faire tirer les balles de la chair.

Le lendemain, à la pointe du jour, on heurta fortement à la porte. Jean se leva et revint, disant :

1. Le grand manteau de cérémonie de l'évêque.
2. Le souvenir.

— Les gendarmes sont là.

— Dites-leur que j'y vais.

Et, m'étant habillé, je lui donnai le poignard de la demoiselle Galiote :

— Gardez-moi cet outil, Jean, et au revoir !

Les gendarmes m'ayant enchaîné les mains, me mirent entre eux, et s'en furent vers Prisse, puis à l'Herm, faisant se musser[1] les petits drôles épeurés. Après qu'ils eurent rassemblé tout le monde dans l'enceinte du château, devant les ruines fumant encore, le juge de paix et le maire commencèrent des interrogats[2] à n'en plus finir. Pour moi, j'avouai hautement que j'étais le seul coupable, que j'avais tout fait ; mais ils disaient que ça n'était pas possible, pour ce qui était de la prise du château. Enfin, sur les renseignements du maire et les dénonciations du comte, d'après les ordres du juge les gendarmes ramassèrent au petit bonheur cinq ou six paysans, de ceux réputés mauvaises têtes, méchants sujets, et, nous ayant enchaînés deux par deux, nous emmenèrent à Montignac. Le matin, on nous tira de bonne heure d'un endroit puant où nous avions couché sur la paille, pour nous conduire à Sarlat.

On nous garda plus d'un mois et demi à Sarlat.

1. Se cacher.
2. Questions (lors d'un interrogatoire).

Dans les commencements, le juge nous faisait venir pour nous interroger quasi tous les matins, moi principalement. Le mâtin savait son métier, et il me posait quelquefois des questions à double tranchant comme un couteau de tripière, d'où j'avais quelque peine à me démêler. Lorsque ça m'arrivait, je faisais le niais, celui qui ne comprend pas, pour me donner le temps de réfléchir. Les autres, eux, ne savaient rien, n'avaient rien vu, rien entendu, sinon les cloches sonnant au feu, qui les avaient fait accourir à l'Herm. Enfin, voyant qu'il ne tirerait pas grand-chose de nous, le juge finit par nous laisser tranquilles et grabela[1] son affaire tout seul.

Quoique nous ne fussions pas trop mal là, je m'y ennuyais fort, car, comme disait le chevalier, « il n'y a pas de belle prison, ni de laides amours », et de plus il me tardait d'être jugé. Aussi fus-je content lorsqu'un matin le geôlier nous réveilla de bonne heure.

— Vous partez pour Périgueux, dit-il.

Quand nous fûmes prêts, il nous donna à chacun un morceau de pain ; puis les gendarmes vinrent qui nous attachèrent deux à deux.

Il nous fallut trois jours pour faire la route, mais il faut dire que nous ne marchions pas vite, plusieurs ayant aux pieds les lourds sabots avec lesquels ils

1. Éplucha.

avaient été pris. Notre premier gîte d'étape fut à Montignac, où l'on nous enferma dans la prison puante que nous connaissions déjà.

Le second jour, nous ne fîmes que deux grandes lieues de pays, jusqu'à Thenon ; mais la troisième journée fut dure, surtout pour ceux qui traînaient leurs sabots, car l'étape était longue, de sorte que nous arrivâmes à Périgueux, où l'on nous boucla incontinent à la prison, qui était en ce temps dans l'ancien couvent des Augustins, sur les allées de Tourny.

Le lendemain, le président des assises vint m'interroger et me demanda si j'avais un avocat.

— Oui, monsieur, lui répondis-je, c'est M. Vidal-Fongrave.

— Ah ! M. Vidal-Fongrave ?

— Oui, monsieur, il nous défend tous.

Et alors je compris à son étonnement que notre affaire ne lui paraissait pas bonne, car M. Fongrave, l'« Honnête-Homme », comme on l'appelait, avait la réputation de ne pas se charger d'affaires injustes.

Je lui avais écrit de Sarlat pour le prier de nous défendre, et je lui avais raconté tout au long ce qui s'était passé. Après que nous fûmes arrivés à Périgueux, il venait souvent à la prison et nous voyait tous, moi principalement, afin de bien connaître l'affaire. Je me souviens qu'un jour, après que je lui eus exposé mon plan et raconté comment je m'y étais pris pour forcer le château, il me dit en me tutoyant, comme m'ayant vu tout petit :

— Tu aurais dû te faire soldat ! tu as la bosse du métier.

— Ma foi, monsieur Fongrave, j'ai tiré un bon numéro et je n'ai point eu envie de m'enrôler ; j'aime trop ma liberté.

Ensuite, en causant de notre défense, il me dit qu'un grand nombre de gens de l'Herm et des villages voisins étaient cités comme témoins à décharge, et qu'il espérait que les dépositions de toutes ces victimes du comte pèseraient sur la décision des jurés.

Le jour qu'on commença notre procès, c'était le 29 juillet 1830. Il y avait une grande rumeur dans le palais, et les avocats et tous les curieux conféraient des nouvelles de Paris qui annonçaient la révolution[1]. Les témoins appelés par le procureur étaient le comte, ses filles, et tous ceux du château : personne autre n'avait rien vu. Dans une affaire où beaucoup de gens sont mêlés, c'est rare qu'il n'y ait pas quelque gredin acheté à bons deniers pour trahir les autres ; mais ici rien de pareil, nul ne bron-

1. L'émeute parisienne des Trois Glorieuses (27, 28 et 29 juillet), qui renversa le roi Charles X.

cha. Le Nansac me chargea fort, ainsi que dom Enjalbert qui raconta tant de choses, qu'on eût cru que lui seul savait tout ce qui s'était passé. Il m'impatienta tellement que je finis par lui dire :

— Et comment avez-vous pu voir tout ça, étant caché derrière un coffre dans le grenier ?

Tout le monde s'esclaffa de rire, ce qui lui coupa totalement la parole.

Les trois demoiselles aînées ajoutèrent aussi quelque peu à la vérité, d'où je connus que ceux qui avaient eu le plus peur étaient ceux qui me chargeaient le plus.

Car la plus jeune, elle, ne témoigna rien que la vérité. Comme le président, pour guirlander[1] mon affaire, avait donné à entendre que, lorsque j'avais été la chercher, j'avais essayé de la violenter, elle dit nettement qu'il n'en était rien ; que j'étais le chef de cette bande de brigands qui avait attaqué le château ; que moi seul y avais mis le feu ; qu'elle regrettait fort de n'avoir fait que me blesser de son coup de fusil, mais qu'autrement elle n'avait rien à me reprocher.

— Pourtant, mademoiselle, répliqua le président, l'accusé Ferral avait des égratignures au visage, et vous-même aviez du sang sur la figure.

— J'ai pu lui donner quelques coups d'ongles en

1. Enjoliver (orner de guirlandes).

me débattant, lorsqu'il m'emportait hors du château ; quant au sang que j'avais au front, c'était celui de sa blessure à la joue qui coulait sur moi.

— Voyons, mademoiselle, peut-être éprouvez-vous quelque confusion, bien naturelle, à confesser cette tentative ; mais rassurez-vous, votre réputation n'en peut souffrir à aucun degré : dites-nous bien toute la vérité.

— Je l'ai dite tout entière, monsieur ; je hais l'accusé, mais je n'ai pas de griefs personnels contre lui. Je dois même ajouter que sans lui mon père aurait été certainement assommé par la foule furieuse.

— C'est bien, allez vous asseoir, fit sèchement le président.

Et puis commença le long défilé des témoins à décharge. À mesure que tous ces pauvres gens, victimes des violences cruelles et des odieuses vexations du comte, faisaient le récit naïf de leurs misères, on voyait le nez du procureur s'allonger dans ses papiers où il se donnait le semblant de chercher quelque chose, tandis que le président tapait de petits coups impatients sur son bureau avec un couteau à papier. Quant aux jurés, il était visible que cette audition leur produisait une bonne impression.

La comparution du chevalier de Galibert eut un grand succès, de curiosité d'abord, car en ville on avait oublié ces anciens costumes de nobles de l'ancien régime, tels que le sien, et ensuite son témoignage me fut tellement favorable que le public, qui s'intéressait à nous, faisait entendre des murmures d'approbation.

Puis, comme il était heure tarde, l'affaire fut remise au lendemain, pour le réquisitoire du procureur et la plaidoirie de maître Fongrave qui nous défendait tous.

Le lendemain on savait qu'à Paris le peuple avait battu les Suisses, la garde royale, et que Charles X était en fuite. Ces nouvelles estomaquèrent quelque peu les gens de la justice qui attendaient autre chose ; mais pourtant ça n'empêcha pas le procureur de demander ma tête avec âpreté. Ensuite, après avoir longuement assuré que la haine des riches était le seul mobile de mon crime, il passa aux autres accusés. Pour ceux-là, il ne refusait pas les circonstances atténuantes, il se contentait des galères à perpétuité.

Moi, j'écoutais tout ça distraitement, sans beaucoup m'en émouvoir ; ma pensée était ailleurs. Je revoyais mon pauvre père assis sur ce même banc où j'étais, et ma mère mourant sur un grabat dans tous les affres du désespoir ; je songeais à ma chère Lina gisant au fond de l'abîme du Gour et, me laissant aller à toutes ces tristes pensées, je me disais que maintenant, ayant vengé ceux que j'aimais, ma tâche faite, la mort n'avait rien d'effrayant...

— Maître Fongrave, vous avez la parole, dit le président.

Et alors notre avocat se dressa en pieds, posa son bonnet devant lui, et commença ainsi d'une voix grave et profonde son plaidoyer, reproduit en entier, le lendemain par le journal *L'Écho de Vésone*[1] :

— Messieurs les jurés,

« Il me semble entrevoir à travers les siècles quelques traces de la justice inconsciente des choses. Ce n'est pas, certes, cette justice haute et sereine à laquelle aspire l'humanité, mais une sorte de talion vengeur qui fait que l'oppression engendre la haine, que la tyrannie suscite la révolte, que la violence appelle la violence, et l'injustice la violation des lois de la justice.

« L'affaire qui vous est soumise n'est qu'un épisode de cette longue suite de soulèvements de paysans, amenés par des vexations cruelles, une insolence sans bornes et par la plus brutale oppression.

« Tous les coupables ne sont pas là sur ce banc derrière moi, messieurs ! Il y manque celui dont les agissements criminels ont amené les événements dont les accusés ont à répondre ; il y manque ce pré-

1. Vésone est le nom gallo-romain de Périgueux.

tendu gentilhomme, ce petit-fils orgueilleux d'un vilain qui ramassa des monceaux d'or impur dans le ruisseau de la rue Quincampoix...

— Maître Fongrave, interrompit le président, ces appréciations rétrospectives sont inutiles ; vous n'avez pas à rechercher les origines de la fortune d'une honorable famille ; tenez-vous-en aux faits de la cause : la propriété doit être respectée...

— Monsieur le président, je souscris pleinement à cette maxime... Je respecte donc la fortune acquise par un labeur honnête et persévérant, et je respecte aussi la propriété qui est le fruit visible du travail. Mais lorsqu'une fortune est édifiée sur la ruine publique, lorsque la propriété provient d'une vaste escroquerie, j'ai le droit comme homme et comme avocat de les flétrir et de les mépriser !

« Je disais, messieurs les jurés, que le plus coupable était cet anobli qui apparaît en ce siècle comme un monstrueux anachronisme.

Et alors, reprenant les dépositions des témoins à décharge, M. Fongrave fit le tableau effrayant des misères, des vexations, des cruautés subies par les paysans voisins du comte.

Le procureur du roi fut tellement déferré par l'effet de cette plaidoirie, visible sur la physionomie des jurés, qu'il jugea inutile de répliquer. Quant au président, il essaya bien, en faisant son résumé, d'effacer cette impression en faisant ressortir, en grossissant les raisons du procureur et en amoindrissant celles de notre avocat, mais rien n'y fit : après une demi-heure de délibération, le jury revint avec un verdict d'acquittement pour tous les accusés.

À la sortie, toute une foule nous attendait curieusement pour nous voir de plus près, tant les gens des villes sont badaurels[1]. En voyant ces curieux qui se bousculaient disant : « Les voilà ! les voilà ! » je pensai en moi-même : « Il y en aurait encore bien davantage s'il s'agissait de nous couper le cou ! » Mais je n'en dis rien pour ne pas gâter la joie des autres qui avaient eu peur de ne pas revoir leur monde.

Nous allâmes tous gîter dans cette petite auberge de la rue de la Miséricorde où nous avions logé, ma mère et moi, lors du procès de mon père. Il n'y avait pas assez de lits pour tous ; mais en ce temps-là, il était ordinaire en voyage, surtout pour les pauvres gens, de coucher deux ou trois ensemble, ce que nous fîmes. Le lendemain matin, nous allâmes tous en troupe remercier M. Fongrave et lui demander ce que nous lui devions.

— Ah ! fit-il, sachant que nous étions bien pauvres, ce n'est rien, mes amis. Je suis assez payé

---

1. Curieux, aimant faire les badauds.

de ma peine par le plaisir de vous avoir aidés à vous tirer d'une méchante affaire : allez-vous-en tranquilles chez vous autres.

Ayant pris congé de M. Fongrave et dévalé la place du Greffe, nous traversâmes le Pont-Vieux, les Barris, et nous voilà sur la grande route de Lyon, partis pour la Forêt Barade, où nous arrivâmes à soleil entré, tous bien contents de la revoir.

8

Le premier moment de contentement de me retrouver libre passé, je tombai dans une noire tristesse en songeant à ma pauvre Lina. Tant que ma tête avait été en jeu, je m'étais laissé un peu distraire de son souvenir par mon propre danger. Mais maintenant que j'étais hors d'affaire, ce souvenir me revenait, amer et douloureux, comme le ressentiment d'une ancienne blessure.

Quelquefois, le dimanche, j'allais à Bars, recherchant la Bertille, pour avoir la consolation de causer de ma défunte bonne amie. Elle s'y prêtait complaisamment, la brave fille, et me parlait d'elle longuement, m'entretenant de tous ces petits secrets que les drôles se disent sur leurs amoureux. Quoique d'une manière ça ravivât ma peine de savoir, par ce que me disait la Bertille, combien la pauvre Lina m'aimait, je me complaisais tout de même à l'entendre et je ne me lassais point de la questionner là-dessus.

Mais l'homme est l'homme. Lorsque la mort de celle qu'il pensait garder toute sa vie à ses côtés et aimer jusqu'à son dernier jour lui a arraché la moitié de son cœur, il croit de bonne foi qu'il ne survivra pas à cette perte. Il lui semble que la disparition de celle-là est un malheur irréparable qui touche, non seulement lui, mais le monde entier. Cependant, à la longue lorsqu'il voit les choses suivre leur cours ordinaire ; qu'après l'hiver le soleil montant au ciel inonde la terre de lumière et de chaleur ; que, tout autour de lui, la vie afflue dans le sol fécond ; que les oiseaux font leur nid ; que les amoureux se recherchent, il subit l'influence des choses qui l'environnent ; il se sent revivre avec la nature, et peu à peu la peine s'amortit, le souvenir s'efface, et la chère image, crue impérissable, qui, aux premiers jours, apparaissait nettement comme une pièce toute neuve, s'affaiblit dans la mémoire, et devient moins distincte, comme l'effigie d'un vieil écu usé par le frai[1].

1. Frottement, usure (en parlant des monnaies).

Ainsi étais-je. Avec le temps, mon chagrin était moins amer, ma peine moins lourde à porter. Au lieu d'une douleur aiguë et pleine de révoltes, je me sentais glisser dans une tristesse résignée. Non pas que j'aie jamais oublié celle qui fut mon premier et mon plus doux amour, mais si son souvenir m'était toujours cher, il n'était plus aussi constamment douloureux.

Depuis l'incendie du château de l'Herm, j'avais grandi beaucoup dans la considération des paysans des environs. Aux marchés de Thenon, aux foires de Rouffignac, partout, je trouvais assez de gens pour me convier à boire une chopine si j'avais voulu.

Mais ce qui me faisait le mieux venir des gens, c'était d'avoir pris leur défense, de les avoir débarrassés du comte et d'avoir aboli ce repaire de chenapans. Maintenant ils étaient tranquilles, ne craignaient plus de voir fouler leurs blés sous les pieds des chevaux, ou manger leurs raisins mûrs par les chiens courants. Ils s'en allaient par les chemins, sûrs désormais de ne pas être cinglés d'un coup de fouet pour ne s'être pas assez tôt garés, et ils allaient aux foires et dans les terres, certains qu'en leur absence leurs femmes ou leurs filles ne seraient pas houspillées par une jeunesse insolente.

Car, depuis l'incendie du château, le comte était parti, et aussi tous les siens. Lui, on ne savait trop où il était passé. La plus âgée de ses filles avait suivi, comme gouvernante, le chapelain dom Enjalbert, qui avait été nommé curé du côté de Carlux ; la seconde était placée comme demoiselle de compagnie dans une grande famille où elle ne tarda pas à mettre le désordre ; la troisième, la plus délurée de toutes, avait été rejoindre à Paris sa sœur aînée qui depuis longtemps avait mal tourné. Quant à la plus jeune, à celle que j'avais emportée hors du château lors de l'incendie, elle s'était établie pas bien loin de l'Herm dans un petit domaine qui était un bien dotal de sa défunte mère, et que, pour cette raison, les créanciers n'avaient pu faire vendre comme le reste de la terre. Elle vivait là, chez la métayère, qui était sa mère nourrice, couchant dans une chambrette sur un mauvais lit, mangeant comme les autres de la soupe de pain noir, des châtaignes et des milliassous ; dans la journée elle courait les bois, son fusil sous le bras, en compagnie de sa chienne. Avec ses allures de pouliche échappée, de toute la famille c'était la seule qui valût quelque chose. Elle était bien fière aussi, comme les autres ; mais tandis que ses sœurs plaçaient mal leur fierté, en continuant de mener une existence de dissipation, même aux dépens de leur liberté ou de leur honneur, elle préférait une existence dure et paysanne à leur vie de sujétion ou de désordres. Les autres étaient tellement têtes fêlées qu'elles n'avaient pas compris ça ; aussi, lorsque la Galiote leur avait annoncé son intention, les moqueries ne lui avaient pas manqué :

— Et alors, te voici devenue une vraie Jeanneton ?

— Il ne te manque qu'une quenouille !

— Et tu te marieras avec Jacquou !

« Tu te marieras avec Jacquou !... » Cette moquerie dérisoire, qui me fut rapportée en riant fort par la sœur de lait de la Galiote, ramena ma pensée sur elle. Je me rappelai l'émotion que j'avais ressentie en l'emportant hors du château, et je restai tout songeur. Certainement, je crois bien que tout garçon de mon âge, vigoureux et sain comme moi, eût été troublé comme je l'avais été en sentant se mouvoir et se tordre dans mes bras ce beau corps de fille. Je ne m'étonnais donc pas de ça. Mais comment se faisait-il que le seul souvenir de ce moment-là pût m'émouvoir encore, moi qui n'avais jamais songé à autre femme qu'à Lina ? Tout le jour je m'efforçai de chasser cette scène de ma mémoire, en me complaisant dans la remémorance[1] de mes chères amours défuntes ; mais j'avais beau faire, de temps en temps elle me revenait à l'esprit, tenace comme une ronce où on est empêtré.

« Que le diable emporte cette Francette de

1. Le souvenir.

m'avoir conté telle sottise ! » pensai-je plusieurs fois.

Tandis que j'étais dans cet état d'esprit mal content de moi-même, en raison de ce que je regardais comme une trahison envers la mémoire de mes parents et comme un affront à celle de ma pauvre Lina, le vieux Jean vint à mourir après quatre jours de maladie, et je me trouvai seul. Son neveu, qui était charbonnier comme lui, vint demeurer dans la maison avec sa femme et ses cinq drôles, tout heureux de cette aubaine. Ça n'était pas un mauvais homme, mais il était si pauvre que ce petit héritage lui semblait le Pérou : aussi lui et les siens furent d'abord consolés de la mort de l'oncle Jean.

Pour moi, je regrettai bien le vieux Jean qui avait été bon à mon égard et j'aidai à le porter au cimetière ; puis après, je me disposai à déloger.

En rassemblant mes quelques hardes, je trouvai le petit poignard de la Galiote, et ça me remémora les choses que j'avais un peu oubliées tandis que Jean était malade. Je fus au moment de le jeter au diable, mais tout de même je le mis au fond de mon havresac.

Mon petit paquet fait, je sifflai mon chien et je m'en fus, laissant la clef à une voisine pour la remettre au neveu de Jean qui avait été quérir son peu de mobilier.

En cherchant bien, je vins à songer à une vieille masure sise entre Las Saurias et le Cros-de-Mortier, et qui avait autrefois servi d'abri passager aux garde-bois des seigneurs, mais qui était abandonnée depuis quelques années. Cette baraque, appelée « aux Âges », et les bois autour appartenaient à un propriétaire de Bonneval que j'allai trouver sur-le-champ. Comme c'était un bon homme, nous fûmes tout de suite d'accord. Il fut convenu que je logerais là, sans payer de loyer, moyennant que, tous les ans, à la fête patronale de Fossemagne, qui tombe le 21 octobre, je lui porterais un lièvre et deux perdrix de redevance ; la chose convenue, je m'en fus droit à la susdite baraque.

Ce qui me plaisait dans cette maison des Âges, c'est qu'elle était toute seule au milieu de la forêt, assez loin des villages, et qu'il n'y avait pas de danger d'avoir de dispute avec les voisins. Cet endroit désert allait bien avec mes idées tristes, et la vie solitaire qu'on y menait de force s'accordait bien avec mes goûts.

Pourtant, il me fallait bien en sortir lorsque j'allais travailler dans les environs, mais j'y revenais toujours avec plaisir. Le soir, la journée faite, après avoir soupé, je m'en retournais aux Âges, cheminant lentement dans les bois, suivi de mon chien. Je jouissais de me retrouver seul, débarrassé de la sujétion du mercenaire et des propos importuns, et je m'entretenais avec mes souvenirs.

En quittant les Maurezies, j'avais cru, je ne sais pourquoi, laisser derrière moi la pensée de cette Galiote qui me tourmentait, mais il n'en était rien. En fermant les yeux, il me semblait la voir encore dans la cour du château, les cheveux dénoués, les épaules nues, les narines frémissantes, me jeter un regard acéré. Et je croyais la tenir encore dans mes bras, me révélant à son insu, en se débattant, les beautés de son corps, furieuse de recevoir sur son front des gouttes de mon sang.

Pourtant, quoique impuissant à repousser cette obsession humiliante, je me sentais encore maître de ma volonté, et ça me rassurait ; mais bientôt j'eus une terrible secousse.

Un dimanche que je chassais dans la forêt, entre les Foucaudies et le Lac-Nègre, tandis que mon chien suivait la voie d'un lièvre, à la croisée de deux sentiers dans le taillis, je me rencontrai avec la Galiote. Je m'arrêtai coup sec en la voyant, comme suffoqué par une sensation brûlante, et lorsqu'elle passa, les joues rosées, l'œil brillant, un brin de marjolaine entre ses lèvres rouges, je sentais mes tempes battre avec bruit.

Elle passa fière, en me jetant un coup d'œil dédaigneux et, moi, je restai là tout capot[1] sans trouver une parole, la regardant s'éloigner de son pas léger et cadencé.

Je ne cherchais pas à revoir celle qui m'avait comme ensorcelé, mais tout de même je la rencontrais parfois. Avec un peu de vanité, j'aurais pu croire que ces rencontres ne lui déplaisaient pas. Nous nous disions quelques paroles en passant, et des fois elle s'arrêtait pour parler plus longuement.

Je lui enseignais un lièvre gîté ou une compagnie de perdreaux, et ça lui faisait plaisir. Elle était bien revenue de ses méprisantes façons d'autrefois, et voyant qu'au demeurant je n'étais ni bête ni tout à fait ignorant, elle commençait à soupçonner qu'un paysan pouvait être un homme. Pour être vrai, je crois que ma personne lui agréait. Quand nous étions ainsi arrêtés quelques minutes, je connaissais que cette fille, farouche aux hommes jusqu'ici, commençait à penser à l'amour. Le sang de sa race parlait dans ses yeux, lorsqu'elle me dévisageait hardiment et me toisait des pieds à la tête, sans point de gêne, comme elle aurait admiré un beau cheval. Je comprenais bien ça, et j'en étais quelque peu mortifié ; mais, comme, de mon côté, c'était la belle et crâne fille qui me tenait, je ne faisais pas trop de compte de ses manières.

1. Interdit, confus, embarrassé.

L'hiver se passa ainsi, dans ces tirassements[1] entre la passion qui me tenait et ma volonté qui reprenait le dessus lorsque j'étais hors de la présence de la Galiote.

Au sortir de l'hiver, un dimanche de mars, par un beau soleil, je fus saisi d'une terrible envie de la revoir. Il y avait tantôt deux mois que je ne l'avais pas rencontrée, car l'hiver avait été dur, la neige avait tenu longtemps, et il me semblait qu'il y avait dix ans. J'étais mû par un sentiment instinctif qui me portait de son côté, tout de même que l'eau coule sur la pente, que la flamme monte en l'air, que la plante se tourne vers le soleil. Je pris mon fusil, desseignant[2] d'aller du côté du domaine où elle demeurait, avec l'espoir qu'en rôdant autour je l'apercevrais sans être vu. Mais lorsque je fus près de La Granval, soudain la pensée du défunt curé Bonal me revint et, avec elle, comme une bouffée de révolte, les souvenirs de ma jeunesse et la mémoire des miens morts de misère et de désespoir.

Je m'arrêtai coup sec, effrayé de cet anéantissement de ma volonté : « Misérable ! me dis-je, lâche ! vas-tu oublier la haine jurée à la race maudite des Nansac !... »

Et sur le coup de la colère, changeant de chemin,

1. Tiraillements.
2. Ayant le dessein de.

je m'en fus passer au bout de l'allée de châtaigniers où nous avions enterré le pauvre curé. La terre relevée s'était tassée, enfonçant le cercueil de bois blanc, en sorte que la tombe ne marquait plus guère. L'herbe poussait égale et drue dans l'allée abandonnée, recouvrant le tout. Et des idées tristes me venant à l'esprit, je m'en fus lentement vers le Gour, et là, je restai longtemps, les yeux attachés sur cette nappe d'eau qui montait des profondeurs souterraines où dormait la pauvre Lina. Puis je fus pris par un désir grand de parler d'elle, et j'allai à Bars trouver la Bertille.

On sortait des vêpres comme j'arrivais, et je me plantai contre l'ormeau pour l'attendre ; mais j'eus beau épier, je ne la vis point. Tout le monde étant dehors, je me promenai un instant, espérant trouver quelqu'un de ma connaissance pour me renseigner, car je la croyais toujours à Puypautier. Dans la méchante auberge de l'endroit, on chantait fort, et en passant j'aperçus le fameux Guilhem de la Mathive, soûl comme la bourrique à Robespierre, ainsi qu'on dit, je ne sais pourquoi. Au bout des maisons, qui ne sont pas en quantité, au moment où je passais devant une petite bicoque, la Bertille en sortit et, me voyant, vint à moi.

— Et comment ça va ? lui dis-je.

— Hélas ! mon pauvre Jacquou, j'ai eu bien des malheurs depuis que je ne t'ai vu !

— Et quels, ma Bertille ?

— Ma mère est tombée paralysée et ne bouge plus du lit, et puis mon pauvre Arnaud est mort là-bas en Afrique, six mois avant d'avoir son congé.

— Pauvre Bertille, je te plains bien !

Et, là-dessus, nous nous entretînmes de nos malheurs à tous deux ; moi lui parlant de son bon ami, elle me parlant de Lina.

Et, à ce propos, elle me dit que cette vieille gueuse de Mathive était tout à fait malheureuse avec ce mauvais sujet de Guilhem qui avait pris une jeune chambrière à la maison, mangé le bien à moitié, et par-dessus le marché la rouait de coups.

— Et tant mieux ! fis-je ; je ne serai content que lorsque je la verrai, le bissac sur l'échine, crever au bord de quelque chemin !... Mais ta mère, repris-je, n'y a-t-il point d'espoir qu'elle guérisse ?

— Hélas ! non : d'ailleurs tu peux bien la voir, dit-elle en rouvrant la porte.

Et j'entrai après elle.

Quelle misère ! Dans un clédier[1] à sécher les châtaignes où l'on avait fait une cheminée grossière comme celle d'une cabane des bois, les deux pauvres femmes étaient logées. Il n'y avait en fait de

1. Petite bâtisse où étaient installées des claies pour faire sécher les châtaignes.

meubles qu'une table contre un mur, avec un banc et, de l'autre côté, le méchant lit où gisait la paralytique. À peine pouvait-on passer entre la table et le lit, tellement c'était petit.

— Voilà Jacquou qui te vient voir, mère ! fit la Bertille ; tu sais bien, c'est lui qui était chez le curé Bonal, à La Granval.

La malade, qui n'avait plus de vivant que les yeux, baissa les paupières pour dire : « Oui, je sais. »

Lui ayant dit, en manière de consolation, qu'il ne fallait pas désespérer, que sans doute la chaleur venant la guérirait, elle fit aller ses yeux à droite et à gauche en signifiance qu'elle n'y croyait point.

Après quelques paroles de réconfort, je sortis avec la Bertille.

Nous nous en allions doucement le long du chemin creux, entre les haies épaisses qui garnissaient les talus. J'avais une idée, mais je n'osais pas l'avouer à la pauvre drôle, et je regardais machinalement les buissons noirs où restaient quelques prunelles bleuâtres flétries par l'hiver, et le chèvrefeuille qui, s'étalant sur les ronces et les viornes[1], laissait pendre des jets sur le chemin. De temps en temps, je cassais une brindille sans m'arrêter, et je la mâchonnais, toujours muet ; mais enfin je me trouvai honteux de ma couardise et, prenant courage, je dis :

1. Plantes à fleurs blanches et à baies rouges.

— Pauvre Bertille, excuse-moi... comment faites-vous pour vivre, toi ne pouvant aller en journée ?

— Je file tant que je peux.

— Et tu gagnes quatre à cinq sous à ce métier ; tu n'as pas pour vous entretenir le pain, surtout qu'il est cher, cette année !

Elle marchait la tête baissée et ne répondit pas.

Quelque chose me traversa le cœur, comme une aiguille.

— Et peut-être, repris-je, vous n'en avez pas, en ce moment ?

Elle ne répondit toujours point.

Alors je lui attrapai la main :

— Regarde-moi, Bertille.

Elle leva vers moi ses yeux pleins de larmes.

— J'ai trente sous dans ma poche ; je t'en prie, prends-les... les voici...

Elle hésita une seconde, mais, quand elle vit mes yeux humides, elle prit les sous.

— Merci, mon Jacquou.

— Si les pauvres ne s'aident pas entre eux, qui les aidera ? Je n'ai personne au monde, il me semble que tu es ma sœur.

Elle mit les sous dans la poche de son devantal[1], et nous revînmes vers le bourg.

— Écoute, Bertille, lui dis-je devant sa porte, ne

---

1. Tablier à grandes poches.

te fais pas de peine et ne te tue pas à veiller avec ta quenouille pour avoir du pain : moi, je suis là ; dimanche je reviendrai.

— Oh ! Jacquou, je ne veux point te mettre cette charge de deux femmes sur les bras.

— Je suis fort assez pour la porter, lui répondis-je, n'aie point de honte de ça : suppose que je sois ton frère, ajoutai-je en lui tenant la main.

Elle me regarda avec un tel élancement d'âme que l'étincelle jaillie de ses yeux me donna un petit frémissement d'émotion.

— Adieu, lui dis-je, et à dimanche !

Je m'en allai tout autre que je n'étais venu, content de moi, le cœur solide, prêt à tout. Le plaisir d'avoir rendu service à ces deux pauvres femmes, la résolution que j'avais prise de les assister dans leur malheur, tout cela me transportait. Il me semblait que désormais je n'étais plus un être inutile à tous ; j'avais un but, une tâche à remplir que je m'étais donnée moi-même, et cette tâche avait quelque chose de sacré qui me relevait dans ma propre estime ; tout cela me faisait du bien.

Pendant une semaine, je travaillai avec courage, sans perdre une journée, comme ça m'arrivait quelquefois lorsque je n'avais à penser qu'à moi, puis, le dimanche venu, je m'en fus à Bars. À la pensée de ce que j'allais faire, je sentais une satisfaction intérieure qui m'était inconnue auparavant, et je marchais allégrement, impatient d'apporter quelque soulagement à la misère de ces deux malheureuses créatures.

Je les trouvai toujours dans la même situation : la mère gisant sur son grabat ; la fille, sa quenouille au flanc, filant toujours à s'user les doigts. Lorsque après être resté un instant avec elles je sortis, la Bertille vint avec moi, et tout en marchant je lui donnai l'argent de ma semaine ; là-dessus, la pauvre drôle me dit :

— Ô Jacquou ! il faut bien que ça soit toi pour que je le prenne ! d'un autre je mourrais de honte.

— Mais de moi tu peux tout prendre comme de ton frère, je te l'ai dit : accepte donc ce peu, de grand cœur, comme je te le présente !

Alors, ayant pris l'argent, elle s'attrapa à mon bras et nous fîmes une centaine de pas dans le chemin sans parler.

Puis, revenus devant la porte, nous nous regardâmes un instant, contents l'un de l'autre, et je lui dis :

— À dimanche, ma Bertille.

— À dimanche alors, mon Jacquou.

Cela dura près de trois mois ainsi. La joie d'être, moi chétif, comme une petite providence pour la

Bertille et sa mère, et le sentiment de la responsabilité que j'avais prise de moi-même, me faisaient homme et tout autre. Toutes les folles pensées, toutes les ardentes convoitises, toutes les âpres révoltes de la chair qui m'agitaient naguère étaient matées par la satisfaction du devoir accompli. À peine si de loin en loin une circonstance extérieure venait me rappeler la Galiote, et lorsque ça arrivait, je pensais à elle sans trouble aucun. Je me sentais heureux d'être débarrassé de cette fièvre amoureuse qu'elle me donnait, et qui empiétait sur ma volonté.

Un dimanche, en arrivant, je trouvai la pauvre drôle en larmes : sa mère était à l'agonie. Une vieille femme, venue par pitié, se tenait près du lit où gisait la mourante et disait son chapelet. Jamais je n'ai vu rien de plus triste. La figure n'était plus que des os recouverts d'une peau jaune, luisante, parcheminée ; les yeux vitreux et éteints regardaient devant eux sans rien voir ; le nez aminci, racorni, laissait voir deux trous noirs, et sous la peau qui recouvrait cette tête desséchée, transparaissait l'image de la mort.

Je restai là jusqu'au soir, et puis je m'en fus en disant à la Bertille que je reviendrais le lendemain.

Lorsque j'entrai le matin, sur le coup de huit heures, la vieille mère était morte, et la Bertille, assise près du lit éclairé par une chandelle de résine, la veillait.

Elle se leva et vint à moi, les yeux rouges.

— Pauvre femme ! lui dis-je, ses souffrances sont finies !

Puis je pris le brin de buis qui trempait dans l'assiette de terre brune où était l'eau bénite, et j'en jetai quelques gouttes sur le corps.

En ce moment la voisine qui assistait la Bertille rentra :

— Ma drôle, le curé veut huit francs, et qu'on le paie à l'avance.

— Hélas ! dit la pauvre fille, je n'avais qu'un écu de trois francs et je l'ai donné à Bonnetou pour la caisse !

— C'est un joli parpaillot[1], votre curé ! mais ça ne m'étonne pas, ajoutai-je, en me rappelant l'enterrement de ma pauvre mère, et sa dureté.

Et comme la Bertille se désolait que sa mère fût enterrée sans prières, je lui dis :

— Ne te tourmente pas ; je vais tâcher de trouver l'argent.

Et, repartant aussitôt, j'allai prendre une peau de blaireau et deux peaux de renard que j'avais aux Âges, et de là je fus à Thenon les vendre à un marchand qui me les achetait d'habitude. Sur les trois heures de l'après-midi j'étais à Bars, ayant assemblé

1. Protestant ; ici, au sens de mauvais chrétien.

les huits francs au moyen du prix des peaux et d'une avance que m'avait faite le marchand.

La voisine alla remettre l'argent au curé, qui lui dit alors que l'enterrement serait pour les cinq heures.

À cinq heures donc, avec trois autres hommes, nous portâmes la caisse à l'église sans peiner beaucoup, car la pauvre femme n'était guère lourde, et puis l'église était tout près.

Le curé attendait en surplis, son étole autour du cou, son bonnet carré sur la tête. Il eut bientôt dépêché les prières et, un quart d'heure après, nous allions au cimetière ; lui devant, avec le marguillier qui portait la croix et le seau d'eau bénite, et, derrière le corps, la Bertille avec quelques femmes.

Après que tout fut parachevé, j'allai vers l'endroit où ma mère était enterrée. Les femmes accompagnèrent la Bertille, et moi, ensuite, j'allai lui donner le bonsoir en lui promettant de revenir le dimanche suivant. Et, en effet, je revins ce dimanche-là, et tous les autres après. Il me tardait fort que la semaine fût finie pour me rendre à Bars, et il ne me semblait pas que je pusse aller ailleurs.

L'hiver vint, puis le beau temps. L'herbe poussait dru sur la fosse de la vieille mère, cachant la croix de feuillage que, le jour de l'enterrement, sa fille avait mise dessus. Moi, je me sentais toujours plus entraîné vers la Bertille ; j'étais heureux de la revoir, et il me faisait peine de la quitter. Des pensées d'avenir m'occupaient maintenant, et je me disais souvent que je voudrais l'avoir à femme, pour vivre nos jours l'un près de l'autre.

Un soir que nous nous promenions sur le chemin qui va vers Fonroget, je le lui dis.

— Ô Jacquou ! me répondit-elle, pourquoi assembler nos misères ?

— Pour les mieux supporter à deux, nous aimant bien.

— Si tu le veux, je le veux donc aussi.

Et en même temps, s'appuyant sur moi, elle leva la tête et me regarda.

Je connus lors dans ses yeux qu'elle pensait comme moi et, l'entourant de mon bras, nous marchâmes longtemps en silence. Sur le souvenir de nos anciennes amours défuntes, avait germé une nouvelle affection sérieuse et honnête qui nous liait l'un à l'autre pour la vie et, sentant cela, nous étions bien heureux.

— Étant si pauvres tous les deux, nous faisons peut-être une folie, mon pauvre Jacquou ! dit-elle après un moment.

— Ne crains point : je suis fort et vaillant assez et je travaillerai pour nous deux.

— Oui, mais les petits drôles !...

— Sois tranquille, lui dis-je en la serrant contre moi.

— Il faudra attendre la fin de mon deuil, reprit-elle après une pause.

— Oui, ma Bertille, maintenant que je suis sûr de toi, j'attendrai le temps voulu.

Et, me penchant vers elle, je lui donnai le baiser des fiançailles.

Puis l'ayant ramenée jusque chez elle, je la quittai et m'en revins tout content aux Âges.

Il fut entendu entre nous, ensuite de cela, que nous nous marierions après la Noël et, le temps étant venu, il fallut en parler au curé de Bars. Lui se disait, sans doute : « Puisque le bon ami de cette fille a trouvé huit francs pour faire enterrer la mère, il en trouvera bien dix pour se marier ! » Et il eut le toupet de les demander à la Bertille. Ah ! ça n'était plus le brave curé Bonal, qui regardait l'argent comme rien. Cet autre n'aimait ses brebis que pour la laine ; et il les tondait de près.

Lorsque la drôle me dit ça, je pensai un peu en moi-même, et puis je lui dis :

— Tu vas voir ! puisqu'il en est ainsi, nous allons l'attraper.

Et je m'en fus trouver le curé de Fossemagne, dans la paroisse duquel était la maison des Âges, et je lui expliquai mon affaire, disant, comme c'était vrai, que nous étions bien pauvres tous deux, et que je le priais de nous marier au meilleur compte.

Lui, qui était un vieux brave homme, se mit à rire en oyant cette requête et me répondit :

— Mon drôle, je vous marierai au meilleur marché possible ; ce sera gratis, pour l'amour de Dieu.

— Merci bien, monsieur le curé, lui répondis-je en riant aussi, vous n'aurez pas affaire à des oublieux.

Comme bien on pense, notre noce ne fut pas une noce bien belle, et on ne se mit pas sur les portes pour la voir passer. Moi, je n'avais nul parent, à ma connaissance, sinon ce cousin de mon père qui demeurait vers Cendrieux, et dont je ne savais même pas le nom. La Bertille était comme moi, à peu près, n'ayant que des parents éloignés, métayers autrefois du côté de Sainte-Orse, mais qui, depuis dix ans qu'elle les avait perdus de vue, avaient peut-être changé cinq ou six fois de métairie. Nous fûmes donc seuls chez le maire de Fossemagne et à l'église, et les premiers venus servirent de témoins.

En sortant de l'église donc, après avoir bien remercié le curé, j'empruntai le mulet et la charrette d'un homme du bourg que je connaissais pour lui avoir rendu un petit service, et je m'en fus avec ma femme chercher son peu de mobilier à Bars.

Ayant chargé le tout, ce qui ne fut pas long, nous revînmes vers les Âges à travers les mauvais chemins de la forêt.

Lorsqu'elle entra dans la masure et qu'elle vit la table de planches clouées sur des piquets, et l'espèce de grande caisse dans laquelle je couchais sur de la fougère, ma femme me regarda, les yeux pleins de compassion :

— Tu n'étais pas trop bien là, mon Jacquou !

— Bah ! lui répondis-je, je dormais tout de même.

Après avoir tout déchargé et monté le châlit, je m'en fus ramener le mulet et la charrette à l'homme de Fossemagne, tandis que ma femme mettait au feu la marmite, avec une poule qu'elle avait toute préparée.

Quand je revins, trois heures après, portant une demi-pinte de vin que j'avais prise à l'auberge, ma femme avait fini de tout arranger de son mieux. Ça n'était pas grand-chose qu'un lit et une table dans cette baraque, mais il me semblait qu'elle était changée du tout au tout. Le lit, avec des draps d'étoupe, avait remplacé ma caisse dans le coin, et au milieu, à la place des planches clouées, était la table. Le feu brillait clair dans l'âtre noir, et de la marmite s'échappait par jets une fumée qui sentait bon. Sur une touaille de toile grise, qui couvrait le bout de la table, étaient placés le chanteau et deux assiettes de terre brune.

Et ma femme allait, venait, rinçant deux gobelets verdâtres, essuyant deux cuillers, tâtant la soupe, y ajoutant du sel, taillant le pain dans la soupière, et enfin, par sa seule présence, donnant la vie à cette misérable demeure, auparavant triste et solitaire.

Alors, le cœur éjoui[1], je la pris comme elle passait près de moi et je l'embrassai tellement fort que je la fis rougir un brin.

Et lorsque tout fut prêt, la nuit étant venue, elle alluma le chalel et trempa la soupe. Puis, nous étant assis, elle la servit et, avec la poule qui avait dans le ventre une farce à l'œuf, ce fut tout notre repas de noces, qui dura longtemps tout de même, car nous parlions plus que nous ne mangions, rappelant nos souvenirs.

Nous restâmes là longtemps. Le chien, repu, dormait en rond dans le coin de l'âtre, et dans l'autre, assis sur la tronce, nous étions serrés l'un près de l'autre, ma femme ayant sa tête appuyée sur ma poitrine ; moi l'entourant de mon bras.

Au-dehors le vent d'hiver soufflait âpre et s'engouffrait parfois dans la cheminée, refoulant la fumée et faisant vaciller la flamme du chalel pendu au manteau. Je sentais contre moi le cœur de ma

1. Réjoui.

femme battre à coups sourds et répétés, et j'étais heureux.

Ma pensée se tournait vers le lointain de cet avenir où nous entrions tous deux, et tout en rêvant à cela, je regardais machinalement les branches se consumer lentement et se convertir en braise que l'air extérieur avivait.

Puis la braise se couvrait de cendre blanche et peu à peu le feu s'éteignait. À un moment, une forte rafale fit voler les cendres du foyer et éteignit le chalel :

— Il ne nous faut pas rester là, dis-je à ma femme en l'embrassant dans l'ombre.

Quelques dates dans la vie et l'œuvre d'Eugène le Roy

1836 : 29 novembre : Eugène Le Roy naît au château de Hautefort, en Dordogne, de Pierre Le Roy et de Louise Desbois. Son père, d'origine bretonne, est régisseur du comte de Damas, sa mère, lingère de la comtesse.
Ne pouvant être élevé au château, il est confié à une mère nourricière, Charlotte Charrières. Jusqu'à sa douzième année, Eugène vit exclusivement à la campagne, dans une maison rustique. Il excellera d'ailleurs plus tard dans la description des pauvres logis paysans.

1848 : Pendant deux ans, le jeune Eugène fréquente l'école des Frères de la doctrine chrétienne à Périgueux.

1850 : Ayant renoncé à la prêtrise, il entre comme commis dans une maison de commerce à Paris, faubourg Saint-Honoré. Mais le métier de commis ne lui plaît guère. Véritable autodidacte, il ne cesse d'étudier par lui-même.

1854 : Eugène Le Roy s'engage au 4e régiment de chasseurs à cheval et participe à la campagne d'Algérie[1]. Il reste quatre ans en Afrique.

1859 : Il participe à la campagne d'Italie[2]. Promu brigadier, il est cassé de son grade pour indiscipline, notamment parce qu'il a visité Pavie sans permission. Il passe alors pour une forte tête. Il préfère quitter l'armée et rentre en France, dans son Périgord natal, pour entrer dans la carrière administrative.

1860 : De retour à Hautefort, il passe le concours de percepteur des contributions indirectes. Il est nommé surnuméraire (fonctionnaire non titulaire) des contributions indirectes en octobre 1860 et percepteur en 1863. Il occupe cette fonction à Tocane-Saint-Apre, Jumilhac-le-Grand, Domme, Montignac-sur-Vézère (Dordogne).

1870 : Il est engagé volontaire pendant la guerre de 1870 comme volontaire dans le régiment de cavaliers des volontaires algériens. Démobilisé, il est nommé percepteur à Jumilhac-le-Grand.

1874 : Il a un enfant avec Marie Peyronnet (la receveuse des Postes), qu'Eugène Le Roy n'épousera civilement qu'en 1877. Deux autres fils naîtront de cette union. Yvon, l'aîné, étudiant en médecine à Bordeaux, mourra prématurément. Le second, Robert, passera toute son existence à Montignac-sur-Vézère. Enfin Richard, le plus jeune, sera tué pendant la Première Guerre mondiale.

---

1. Dans le cadre de la colonisation de l'Algérie, la soumission des oasis du Sud et de la Kabylie par le maréchal Randon en 1857 acheva la conquête du pays par l'armée d'Afrique.

2. Napoléon III envoya des troupes françaises dans le Piémont, à la suite d'une alliance franco-sarde, pour combattre les forces autrichiennes.

1877 : Sa participation aux luttes républicaines et le scandale provoqué par son mariage civil avec Marie Peyronnet lui valent d'être muté dans les Bouches-du-Rhône, puis révoqué.

1878 : Réintégré avec difficulté dans le service des impôts, il poursuit sa carrière à Montignac, puis à Bordeaux et à Hautefort.

1888 : Publication de *La Société populaire de Montignac pendant la Révolution (1793-1794)*, ouvrage d'érudition dans lequel il examine les procès-verbaux des séances.

1889 : Publication de *Recherche sur l'origine et la valeur des particules des noms dans l'ancien comté de Montignac en Périgord*, autre ouvrage d'érudition sur l'histoire du Périgord.

1895 : *Le Moulin du Frau*, son premier vrai roman, paru en feuilleton dans *L'Avenir de la Dordogne* en 1891, est repris en volume chez Dreyfous et Dalsace à Paris. Il raconte l'histoire d'un meunier républicain en butte aux tracasseries de la bourgeoisie, de la préfecture et du clergé.

1899 : *Jacquou le Croquant* paraît en feuilleton dans *La Revue de Paris*, puis chez Calmann-Lévy en 1900. Ce roman de la révolte des paysans contre une noblesse qui l'écrase et qui l'exploite – roman qui selon le vœu de l'auteur aurait dû s'appeler *La Forêt Barade* – constitue son chef-d'œuvre.

1901 : Publication chez Calmann-Lévy de *Nicette et Milou*.

1902 : Eugène Le Roy prend sa retraite et se retire à Montignac-sur-Vézère.

1906 : Publication d'un roman chez Calmann-Lévy : *Les Gens d'Auberoque*, écrit et 1897-1898 et publié tout d'abord dans *La Revue de Paris* en 1906.
Parution également d'un recueil de nouvelles : *Au Pays des pierres*, chez Fasquelle à Paris.
Enfin, publication à Bergerac de *L'Année rustique en Périgord*, recueil d'articles parus en 1903 et 1904 dans *Le Petit Centre* de Limoges.

1907 : 6 mai : l'écrivain périgourdin meurt à Montignac à l'âge de soixante et onze ans. Il est enterré civilement, seul le drapeau tricolore viendra couvrir son cercueil. Libre penseur et franc-maçon, farouche républicain et anticlérical, défenseur de la Révolution de 1789, Eugène Le Roy a consacré tous ses romans à son Périgord natal.

1912 : Publication de *L'Ennemi de la mort*, à titre posthume, dans la *Revue des Deux-Mondes*, puis repris en volume chez Calmann-Lévy. Cette histoire du docteur Charbonnière, bienfaiteur de la Double, région marécageuse de Dordogne, dont l'action rappelle celle du *Médecin de campagne* de Balzac, a retrouvé vie grâce à une adaptation télévisée de Roger Vrigny et Roger Kahane en 1981.

1921 : Parution en volume chez Rieder de *Mademoiselle de La Ralphie*, commencé en 1894, repris en 1895-1896 et publié en feuilleton dans *La Petite République* en 1906. Dans ce roman, l'auteur a mis toute sa rancune d'enfant pauvre contre les préjugés de caste, et le héros Damase semble être son portrait.

1969 : Adaptation télévisée de *Jacquou le Croquant* par Stellio Lorenzi, qui contribua largement à populariser l'écrivain et surtout l'histoire de Jacquou.

« Pour l'éditeur, le principe est d'utiliser des papiers composés de fibres naturelles, renouvelables, recyclables et fabriquées à partir de bois issus de forêts qui adoptent un système d'aménagement durable. En outre, l'éditeur attend de ses fournisseurs de papier qu'ils s'inscrivent dans une démarche de certification environnementale reconnue. »

Édité par la Librairie Générale Française - LPJ
(58, rue Jean Bleuzen, 92170 Vanves)

Composition Jouve
Achevé d'imprimer en France par CPI (151313)
Dépôt légal 1re publication : mars 2007
72.3335.5/03 - ISBN : 978-2-01-005633-8
Loi n° 49-956 du 16 juillet 1949 sur les publications destinées à la jeunesse
Dépôt légal : février 2019